Édition : Felicia Mihali
Conception graphique et montage : Daniel Ursache
Maquette et illustration de la couverture : Daniel Ursache
Révision linguistique : Gisèle Gosselin
Correction d'épreuves : Ginette Bédard

**Catalogage avant publication de Bibliothèque et
Archives nationales du Québec et Bibliothèque et Archives Canada**

Titre : Contes bougons / Stephane Ilinski.
Noms : Ilinski, Stephane, 1973- auteur.
Description : Nouvelles.
Identifiants : Canadiana (livre imprimé) 20230057071 |
Canadiana (livre numérique) 2023005708X |
ISBN 9782924936481 (couverture souple) | ISBN 9782924936498 (EPUB)
Classification : LCC PS8617.L56 C66 2023 | CDD C843/.6—dc23

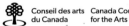

Les Éditions Hashtag 2018 remercient le Conseil des arts du Canada et
la Société de développement des entreprises culturelles du Québec (SODEC)
pour leur soutien financier.

©2023
Éditions Hashtag 2018 Inc.
et
Stephane Ilinski

Tous droits réservés. Toute reproduction de cette œuvre en totalité ou en partie,
par quelque moyen que ce soit, est interdite sans l'autorisation écrite de l'éditeur.

Dépôt légal : Bibliothèque et Archives Canada et
Bibliothèque et Archives nationales du Québec, 2023
ISBN : 978-2-924936-48-1

Les Éditions Hashtag 2018 bénéficient du Programme de crédit d'impôt
pour l'édition de livres du Gouvernement du Québec, géré par la SODEC.

Diffusion pour le Canada : Gallimard Ltée
3700A, boulevard Saint-Laurent, Montréal, (Qc), H2X 2V4
Téléphone : (514) 499-0072 Télécopieur : (514) 499-0851
Distribution : SOCADIS

Diffusion du format numérique : De Marque
www.entrepotnumerique.com

Éditions Hashtag 2018 inc., Montréal
www.editionshashtag.com

Stephane Ilinski
Contes bougons

NOUVELLES

Hashtag

*À JAM la FQJ,
à ma Chinezoi.*

BOUGON, ONNE, *adj.*

PÊCHE. *Harengs bougons.*

« Ceux qui ont perdu la tête ou la queue »

(Baudr. *Pêches* 1927)

So far, si proches

A posteriori, Montréal, Québec, Canada

ÇA A DÉGÉNÉRÉ COMME ÇA. Dans le parc La Fontaine, au très petit matin, une semaine de fin d'automne, ils se sont présentés tous deux avec leurs témoins respectifs. Après les courbettes d'usage, les ultimes formalités sous forme de bavardage, on a procédé au tirage au sort. Le choix des armes s'est arrêté sur une splendide paire de fleurets d'escrime à poignées droites, dont on avait préalablement ôté les mouches. Pour que le choix soit qualifié, le quarteron s'était également pourvu de deux Colt 45 ayant supposément appartenu à Clint Eastwood, lesquels restèrent finalement dans leur coffret d'acajou. Les actions suivantes furent dûment conduites jusqu'à ce que mort s'ensuive, selon la volonté partagée par les adversaires.

La Société de transport de Montréal a permis aux victimes criminelles de rejoindre la scène du délit. Le Service de police de la Ville de Montréal, la Sûreté du Québec, et la Gendarmerie royale du Canada n'ont quant à eux rien vu venir et se sont contentés de cueillir les survivants témoins. Les trois corps policiers se sont partagé plus ou moins solidairement le ramassage du désastre avant de commencer à se renvoyer, lâchement, la balle quant à l'intervention par trop tardive des autorités qu'ils représentent.

Dans la brume, le froissement ailé d'outardes et les grincements d'écureuils alentour, policiers et personnels d'Urgence Santé ont achevé de nettoyer les lieux. Après avoir été interceptés puis menottés, les témoins ont été conduits au poste le plus proche pour interrogatoire. Leurs téléphones ont été mis sous scellés et expédiés au décryptage pour en recueillir les données éventuelles ayant trait au fait divers. Les deux paires d'armes ont été confiées à une brigade spécialisée en balistique. Les deux défunts ont été transportés à la morgue de l'Institut médico-légal pour autopsie.

Feu l'offensé

JOSÉ EST PROGRAMMEUR, un vieux de la vieille selon ses collègues. Il a fait ses armes à l'âge de pierre du Basic et du Pascal, avant d'atteindre au pinacle de sa carrière les premières heures de l'ère HTML. Puis, lorsqu'il a voulu embrasser le futur et s'est mis à potasser le C, le C++, la jeune génération était déjà passée en tête de file. Depuis, José est resté un peu sur le bas-côté, arrivé trop tardivement dans la profession pour qu'on lui colle l'étiquette *geek*, celle qui définit la plupart de ses confrères plus jeunes d'une décade. Les tribulations des Hobbits et les complots superhéros ne l'ont jamais fasciné. Il coule sa fin d'existence professionnelle près du centre-ville de Montréal, à l'instar d'une vieille cabane en bois rond cernée par les gratte-ciel. José ne code plus, il bouche des trous de code, il bricole et ajuste du programmé objet, il attend la retraite à longueur de semaine en trifouillant des lignes de chiffres blancs sur son écran noir.

Le vrai truc de José, loin des algorithmes et des technologies dites *nouvelles*, c'est l'histoire ancienne. Pas celle avec un grand H, mais celle de ses aïeux, débarqués en Amérique parmi les premières navettes en provenance de La Rochelle. Sa passion, c'est sa famille ancestrale, le nom qui lui a été dignement transmis au gré des âges avec sa particule. Pourtant, s'il sacre chroniquement devant son ordinateur et use sans réserve des jurons les plus colorés, nul ne vient considérer José comme un Québécois pure laine. Non, Monsieur, pas pantoute ! De Champoint, c'est assez voisin du fameux explorateur, ça vient peut-être d'une lignée parallèle, d'un bras germain oublié. En tout cas, ce n'est pas du même fond de panier que Madame Hurtubise ni du même bois que Monsieur Lévesque, ça non. De Champoint, quand on prononce, on voit large, on pèse les mots comme le tonnage d'un vaisseau et on visualise à l'horizon les grandes traversées. Pareil nom pourrait moindrement titrer des boulevards, des places, pourquoi pas des ponts !

Lorsqu'ils s'établissent en Nouvelle-France au milieu du XVIIe siècle, Jeanne et Jean sont simplement Champoint. Lui n'est pas militaire, elle n'est pas dame, tous deux sont enfants de croquants partis chercher un bout de terre abordable outre-Atlantique, au moyen de la maigre dot de Jeanne. Fraîchement débarqués, ils s'installent en compagnie d'autres colons de leur rang sur les bords du Saint-Laurent, dans une région plus tard baptisée Les Basques. Jean prête main-forte à des gars de Bayonne qui fondent la graisse de baleines avant de l'expédier pour revente sur le Vieux Continent. Jeanne fait la nourrice, enfante elle-même. Les deux Champoint, comme on les nomme dans la colonie, sont travaillants et ne tardent pas à faire fructifier un petit lopin de blé.

Alors que le siècle tire à sa fin, un certain Jean Talon débarque à Québec. Ce dernier intervient auprès de Louis XIV pour accorder des lettres patentes et anoblir au passage quelques méritants pionniers. Trop loin et trop humbles dans leurs Basques, Jeanne et Jean ne seront jamais concernés. En revanche, bien des lustres plus tard, leurs descendants jouiront indirectement de ce non-évènement. Au terme de moult déménagements et tractations financières, les arrière-grands-parents de José finissent par s'ancrer à Montréal et, ô merveille issue de successives incompréhensions, ô magie de piètres manières orthographiques, les deux Champoint sont devenus de Champoint, sans avoir jamais reçu la moindre missive royale. Un brin d'audace ou de bonne foi arrangée et quelques malentendus provinciaux ont payé, scellant pour les générations futures une prometteuse appellation. Et José de Champoint, informaticien donc, d'enfoncer ce clou particulier en fin de XXᵉ siècle. Désormais enraciné dans une base HTML, l'arbre généalogique des de Champoint peut impunément déployer son noble houppier, et José signe numériquement, sans en avoir conscience, la lettre patente que ses ancêtres n'ont jamais reçue.

José est fils unique, célibataire persévérant ou vieux garçon. Il a bien eu quelques amourettes, mais aucune de ses brèves aventures ne s'est avérée suffisamment digne de son aspiration à perpétuer son infondé sang bleu. Mieux seul qu'en piètre compagnie, selon la formule qu'il affectionne, José a épousé sa passion pour les vieilleries, qu'il accumule dans son cinq et demi muséal et qu'il conjugue sans ciller à l'élaboration perpétuelle de son histoire familiale. Ventes de garage, marchés aux puces et sites d'enchères forment pour l'informaticien une Sainte Trinité par les grâces de laquelle il fait croître les strates paysagères de son passé pacotille. Ses appartements — comme il les nomme — luxuriants de maladresses et d'anachronismes prétendent dresser une certaine fresque oscillant entre la fin du XVIIIᵉ et le début du siècle dernier.

De Champoint fréquente peu de monde. Ses géniteurs ont rendu l'âme depuis longtemps, il n'a pas de famille, pas d'animal domestique, pas d'amitié véritable. Ses échanges, épistolaires et souvent instantanés, se cantonnent à quelques membres de réseaux sociaux dédiés à la généalogie. Il a fondé et rejoint en ligne des groupes où l'on s'évertue, avec plus ou moins d'inexactitudes et de fantaisies historiques, à débattre de faits d'armes hypothétiques, de lettres de noblesse sorties de nulle part, et à dresser des ponts virtuels à travers le globe pour que puissent se rejoindre de supposés cousins éloignés. Sous l'emprise du quotidien réel, de Champoint ne fraie qu'avec les caissiers d'épicerie, les conductrices de bus et deux ou trois collègues de labeur avec lesquels il ne peut éviter d'aller partager une bière une ou deux fois l'an.

Les fins de semaine, José s'en va fureter en ligne ou en ville pour débusquer ses nouvelles pièces de collection. Les thématiques motivant ses achats sont plutôt redondantes : linge et habits, armes, reproductions picturales et gravures, éléments de vaisselle, livres. De Champoint mesure la qualité de ses acquisitions à la couche de poussière dont celles-ci sont parées lorsqu'il les déniche. Dans les faits, la datation des trouvailles reste des plus approximatives et il n'est pas rare que le bougre accueille dans ses vitrines et étagères une babiole en plastique droit sortie des années 70, voire qu'il accroche à ses murs une huile réalisée deux mois plus tôt en banlieue de Shanghai ou de Calcutta.

En cette mi-septembre de l'an de grâce 2018, de Champoint dernier du nom œuvre à entretenir la dorure plaquée de son blason fantasque sur la toile. Un soir, alors qu'il passe en revue les parutions et commentaires du groupe *Identité et fleurons de la noblesse québécoise* qu'il administre, le programmeur s'arrête sur le billet d'un certain sir Walter de Pourceaugnac :

« Oyez, oyez, nobles âmes, gentes dames et gentilshommes,
Votre dévoué serviteur, lui-même issu d'une estimable maison,
S'offusque en ses tréfonds et se voit même tout à fait meurtri
Que l'on ose ici mêler au beau linge d'authentiques torchons.
Ledit créateur de la présente communauté est en vrai fort traître,
Il ment mieux que pie, prétendant ses ancêtres de nos rangs,
Et la particule du nom dont il signe est aussi vulgaire que fausseté.
À la garde, préservons nos bonnes mœurs et démasquons
This bloody imposter, by the holly names of our old forbears! »

Quelle qu'en puisse être la coloration, le sang de José ne fait qu'un tour. Ah, l'infâme lecture, l'injurieuse invective! Et l'administrateur manque de s'évanouir, de s'étouffer, se lève de son siège en tanguant de tous bords. Il pourrait presque mourir droit dans l'instant, de honte et rage mêlées. L'affront n'a d'immensité comparable que l'origine manifestement anglaise de son infect auteur. Ce soir donc, en cette mi-septembre de l'an de grâce 2018, voici José de Champoint officiellement provoqué. Et voilà son honneur bafoué aux yeux du monde le plus fin, par un obscur Anglo de surcroît.

Une grêle fournie de commentaires et d'émoticônes s'ensuit aussitôt. Le groupe socialo-réseauteux s'affole, éclate en orages tantôt railleurs, tantôt pincés ou furieux. On interpelle l'administrateur, on le somme d'exiger réparation, on applaudit dans la langue de Shakespeare, d'aucuns vont jusqu'à exprimer leur indignation en latin. Certaines moqueries sont également publiées en cyrillique, en sinogrammes traditionnels, ce qui ne manque pas de plonger José dans les plus vastes sphères du désespoir. L'attaque portée envers l'honneur des siens s'est opérée à l'échelle internationale. De facto, il s'agit d'une odieuse remise en cause des de Champoint dans l'ordre de la noblesse mondialisée. Explicitement suggéré par certains commentaires, notamment par un message privé adressé à José, le cartel semble être de mise, voire s'imposer en ces fâcheuses circonstances.

Feu l'offenseur

WALTER PARTICIPE et provient lui-même d'une drôle de
caste. S'il était de constitution ou d'humeur travaillantes,
il pourrait être dépeint comme un jeune loup dont les
incisives rayent le parquet. Mais, bien qu'il soit pourvu de
l'insolence de celles et ceux qui jouissent d'être « bien nés »,
bien qu'il soit jeune, qu'il jouisse d'une bonne santé et qu'il
ignore la contrainte financière, Walter manque d'ambition.
Il a vaguement suivi quelques bribes d'études, débutées et
lâchées au gré d'intérêts volatiles et capricieux. Après avoir
successivement goûté à la biologie, humé le droit et le
journalisme, Walter a quitté son Toronto natal. Installé
dans le pied-à-terre outremontais de ses parents fortunés,
Walter s'est inscrit dans une école d'audiovisuel qu'il n'a pas
tardé à déserter, préférant courir les bars du Mile-End en
quête de nouvelles inspirations. Bref, pour causer roturier,
on trouve dans le Walter un franc branleur, bien crâneur
et pas porté sur l'effort, avec une louche en argent qu'on lui
a calée dans la gueule dès sa naissance.

Faute de s'avérer plus nobles que sa propre personne
dans tous les sens du terme, les ancêtres du glandeur ont au
moins su cultiver le sens de l'originalité, et ce, à plus d'un
titre. Assez ignare, malgré ses diverses embardées pour se
dégrossir l'esprit, Walter limite ses connaissances familiales
aux plus récentes générations de la branche dont il est fruit.
Il est vrai que ce n'est qu'à partir du XVIIe siècle que
certains documents d'archives et deux ou trois breloques
permettent de suivre les principaux mouvements et
protagonistes de l'odyssée Pourceaugnac.

Selon des sources vérifiables, c'est durant la guerre de Sept Ans que le premier nommé Pourceaugnac jette l'ancre en Nouvelle-Écosse. Une nuit de printemps 1755, alors que l'amiral anglais Boscawen vient de capturer deux vaisseaux français non loin de Terre-Neuve, ce dernier débarque une demi-douzaine de lieutenants de la Royal Navy dans le port d'Halifax. Triés sur le volet et choisis pour leur excellente maîtrise de la langue de Molière, ces derniers ont pour mission d'agir en espions pour le compte de George II, de se disperser en descendant les côtes du Saint-Laurent et d'infiltrer les colonies françaises. Parmi ces hommes, un certain Oswald, jeune gaillard ayant fui son Kent natal pour courir les océans en quête de fortune et d'horizons.

Doté d'un esprit vif contrairement à son ultime descendant, Oswald a bénéficié d'une instruction de qualité, étant né et ayant grandi dans la ville de Sevenoaks. Le destin a en effet fondé dans cette bourgade la plus ancienne école laïque britannique, accessible gratuitement aux rejetons du coin. Parmi les singularités de l'enseignement que l'on y dispense, le jeune Oswald suit à Sevenoaks School une classe de langue française. Cette instruction aura par la suite la plus grande des influences sur la vie du navigateur en devenir, lui permettant, entre autres, de lire dans le texte les comédies d'un certain Jean-Baptiste Poquelin.

C'est à l'occasion de son débarquement officieux en Nouvelle-Écosse que l'on exige du lieutenant Oswald qu'il mène mission sous une fausse identité. Les papiers sont rédigés avec soin et hâte par un faussaire de la Navy, et en un instant, Oswald renaît Pourceaugnac — patronyme qu'il transmettra et que l'on verra rehaussé par suite et conjonctures. Cerise sur le pudding, pour motiver sa sizaine-espionne, Boscawen en élève chaque membre au rang de chevalier, au nom de Sa Majesté George II.

Oswald Pourceaugnac pose ainsi pied à terre en tant que membre du *Most Honorable Order of the Bath*. Magie du destin, sa mission à peine amorcée, le voilà canonisé *sir*! Avant les premières lueurs du jour, les six espions saluent Boscawen, clament longue vie à leur roi et s'en vont chacun en quête d'une communauté française à infiltrer. La mission n'est pas dénuée de risques, et quatre d'entre eux finiront d'ailleurs démasqués par l'ennemi. Trois seront pendus ou fusillés, l'autre achèvera sa courte existence dans les fonds marécageux d'une geôle de Québec.

Pour sa part, Oswald aura la chance de trouver en chemin une compagne, Louise, native de Nantes, et s'établira avec elle en la paroisse de Saint-Louis-de-Kamouraska. Grâce à une intégration subtilement remarquable et aux informations transmises par les soins de sir Walter de Pourceaugnac au fil des ans, Kamouraska servira de débarcadère aux soldats britanniques en 1759, après quoi ces derniers entreprendront de brûler depuis ce point la Côte-du-Sud. Oswald sera ensuite posté à Québec où il bénéficiera grassement de ses bons et loyaux services rendus à George II. Louise se remettra, quant à elle, plutôt favorablement d'avoir à son insu marié un ennemi de sa mère nation et filera la fin de ses jours à l'anglaise, fort confortablement.

À l'abri des remparts, le couple donnera naissance à deux fils et fraiera avec la bonne société locale qui persiste en partie française. Par déformation linguistique ou piètre prononciation, les The Pourceaugnac seront, une génération plus tard, appelés de Pourceaugnac, et le qu'en-dira-t-on accordera volontiers à l'endroit de sir Oswald une origine noble que le Tout-Versailles eût bien entendu reniée.

Quelques lustres plus tard, sir Walter de Pourceaugnac ultime du nom use les comptoirs des bars branchés du Tout-Montréal, où il met un point de provocation plutôt que d'honneur à invectiver barmen et serveuses dans la langue royale fédérale. Avec force rictus, le sourcil levé et le ton hautain, Walter se délecte du « Bonjour-Hi » et prend malin plaisir à feindre l'incompréhension mécontente lorsqu'on lui récite une carte d'apéritifs ou d'en-cas en français. Puis, lorsqu'il regagne en titubant et assez systématiquement seul son logis d'Outremont, Walter poursuit ses faits d'armes linguistiques en ligne.

Pour le Torontois déraciné, l'Internet québécois s'avère une terre promise, un terreau particulièrement propice à la culture de ses innombrables coups de gueule et billets d'humeur, ou de ses élucubrations pseudo-culturelles. Comme servis sur un plateau d'argent, les cibles et terrains de jeux de Walter couvrent tout ce qui a trait au sacro-saint Office québécois de la langue française, aux quotidiens montréalais et leurs hordes de chroniqueurs néo-gaulois.

Une nuit d'automne 2018, alors qu'il est occupé à dessouler en sa demeure et à jeter en ligne son opprobre tous azimuts, Walter écoute la rediffusion d'une énième émission radiophonique consacrée à l'identité québécoise. L'animateur Vainville y reçoit un dénommé Maurice Bas-Côté, militant à la voix énervée, dont raffolent les éborgnés frontalement nationalistes outre-Atlantique.

Conformément aux revendications conformistes de l'émission qui veut plaire à son auditoire, Vainville passe en onde quelques appels du public. Les réactions et les commentaires, parfois assez colorés, permettent de divertir l'audimat du programme qui s'autoproclame « La référence » du Grand Montréal.

Auditeur chevronné, Walter tente chroniquement d'intervenir au téléphone dans l'émission, dès que ses oreilles commencent à siffler. Il use de pseudonymes francophones variés pour tenter de passer à l'antenne, car les sujets racoleurs franco-fascistes, comme il les nomme, ne manquent pas de susciter son ire. Cette nuit, bien qu'il ne puisse réagir pour cause de rediffusion, Walter manque de s'étouffer, et l'alcool du Mile-End, que son corps élimine déjà depuis des heures, lui revient en plus mauvais.

Chacun à sa mode, mais de conserve, Bertrand Vainville et Maurice Bas-Côté s'occupent verbalement à vanter et vouloir réveiller le Vercingétorix qui prétendument sommeille au sein de chaque auditeur. Mais pour Walter, le bât blesse ailleurs et c'est une autre moutarde qui vient lui chatouiller les nerfs. Tandis que Bas-Côté achève de fustiger une énième fois la progression de l'anglais chez les jeunes et bat le rappel pour contrer le complot mondialo-fédéralo-islamiste, Vainville de mentionner sa web-trouvaille de la semaine :

« ... faqu'on est pas mal rendus à demander aux Anglos de tirer les premiers pour mieux qu'on suicide le français en Amérique du Nord... Ouin, bonjour, hi, merci, good bye... Va vous dire moi, y'a quand même parmi vous des Québécoises et des Québécois qui sont tannés en tabarouette,

mais qui luttent pareil. Eh oui, on est écœurés qu'on nous la vole, not' Coupe Stanley. Eh non, on n'est pu' capables d'entendre jaser en anglais quand on va acheter un six packs de Mols' au dép' à Montréal! On va s'en aller à la pause et juste après, j'vas vous présenter un Québécois ben vivant, messieurs dames, qui s'obstine et qui lâche rien. José de Champoint, messieurs dames, c'est le Québec qui résiste et qui est fier de ses valeurs, de son identité et oui, de sa noblesse. C'est tout de suite après la pause, dans Vainville PM, la référence... »

Les quinze minutes publicitaires suivantes fournissent à Walter l'opportunité salvatrice d'aller vider son dégoût aux *waters*, de se servir et d'ingurgiter quelques onces de gin ontarien, puis de revenir aux aguets tout ouïe aux infamies vainvilliennes.

« José de Champoint, mesdames messieurs, c'est pas juste un Québécois pure laine. Parce que ses ancêtres à lui, ben, y sont des nobles de France, qui sont nés dans le même royaume que Samuel fondateur de Québec et qu'on a honoré avec nos ponts à Montréal. Eh bien, José, mesdames messieurs, de Champoint, il est informaticien, il habite Ville-Marie, et il a créé un groupe sur Internet, où avec des défenseurs de l'identité québécoise, il résiste avec noblesse à l'américanisation de notre culture et aux dangers colportés par le multiculturalisme du gouvernement fédéral... »

À cette heure avancée de la nuit, sir Walter de Pourceaugnac, qui a déjà enquillé puis régurgité quatre ou cinq gins sur glace, n'entend plus rien. Sa face est plus rouge que le *Red Ensign* canadien, il suffoque. Telle une torpille bien ajustée, sa rage le guide tout droit sur le groupe en ligne *Identité et fleurons de la noblesse québécoise,* dont Vainville vient à peine de commencer l'éloge.

— *By God, Mr. de Champoint, here we come, here we are!* A mari usque ad mare, *let's see...*

Les témoins

MAURICE BAS-CÔTÉ EST un professionnel de l'identité. Chaque matin, au lever, il autovérifie son expertise dans le miroir, en se brossant les dents. Chaque matin, il ressort satisfait de la salle de bain, s'étant reconnu Québécois — avec assurance, mais non sans un certain soulagement. Sa belle humeur est cependant de courte durée, car la réalité du monde alentour le rattrape sans tarder. Il suffit à Maurice d'allumer son poste de radio, de lire les nouvelles du jour, ou de faire quelques pas dans la rue pour que son sourire s'efface jusqu'à l'avant-coucher, au brossage des dents.

L'invasion de son univers semble continuelle, criarde, elle s'exprime par mille et une agressivités quotidiennes, lesquelles rognent et polluent sa chère identité. Passé 10 h, après avoir pris son premier café, Maurice ne se reconnaît déjà plus ! Il a beau interroger le reflet de sa silhouette dans les vitrines, s'écouter demander un renseignement à un passant ou consulter les gazouillis de son compte Twitter, rien ne lui rappelle lui-même. Après plusieurs années de thérapie, son psychologue a fini par nommer son mal : trouble identitaire compulsif à tendance pluriphobique.

Maurice subit, mais Maurice se soigne, sous la direction un tantinet éberluée de son médecin. Pour ce faire, il doit accomplir des tâches quotidiennes, dont la liste est établie en fin de séance hebdomadaire. Chaque défi, que représentent pour Maurice ces tâches, doit être assorti d'un égoportrait pris en situation, qu'il prend soin d'imprimer par la suite. En début de rendez-vous, patient et thérapeute passent en revue les six clichés en soulevant les difficultés rencontrées, les traumatismes occasionnés ou les éventuels progrès générés par le dépassement conjoncturel. De retour chez lui, Maurice punaise les égoportraits sur un pan de mur de son bureau qu'il alloue à cet effet. Secrètement, il qualifie l'ouvrage de « mur des désincarnations lamentables ». On y découvre Maurice dans différentes postures, en différents lieux, souvent grimaçant, parfois carrément en larmes. Ici, il tente de boire un café frappé dans une tasse griffée Starbuck ou un *bubble tea*, là il paraît s'étouffer en mordant dans un Big Mac ou un kebab. On l'aperçoit devant l'entrée d'une mosquée, au seuil du parlement d'Ottawa, ou encore feignant de se rafraîchir les pieds dans une piscine publique de Montréal-Nord. Bref, Maurice se soigne avec l'entrain du désespoir, à en juger par la grandissante fresque photographique qui orne son cabinet.

Ce que son thérapeute ignore même s'il le soupçonne, c'est que Maurice rectifie le tir dès sa tâche quotidienne accomplie — chassez le naturel... on sait la suite. De fait, après avoir visité une fabrique de burkinis, en sortant d'un concert de rap en dialecte chiac, ou à la suite d'une déambulation incursive dans NDG, Maurice se replie aussi sec et rejoint dare-dare son camp retranché. Son havre, son cocon paisible où chaque miroir relate sans entache sa québécitude immaculée, son souverain moi, c'est-à-dire son poste de chroniqueur dans un quotidien montréalais. Là, Maurice peut reprendre souffle en français, louer sans peur sa Lorraine laurentienne natale, gémir contre les invasions britannico-saxonnes et maures, disserter sur la nécessité vitale d'un nouveau référendum, bref se reconnaître souverainement.

Lorsqu'il n'est pas occupé à ne plus se reconnaître ou à tenter sans conviction de guérir, Maurice rédige ses chroniques au vitriol, déprime sur les plateaux de télévision, fait figure d'intello révulsé à la radio, ou concocte des ouvrages pour relustrer la fameuse identité en perdition. Il n'est donc pas surprenant que ce sempiternel souffrant chroniqueur éprouve pour le groupe de José de Champoint un intérêt marqué sinon une sympathie instantanée, lorsqu'il le découvre grâce à Vainville. Et il est tout aussi peu étonnant que Maurice perçoive dans le billet publié par Walter de Pourceaugnac l'évidence crasse d'une nouvelle agression anglaise contre le Québec francophone.

En cette mi-septembre de l'an de grâce 2018, Maurice Bas-Côté adresse sur-le-champ un message privé à José, afin de lui signifier son entière loyauté et l'invitant sans détour à ne point laisser l'affaire le salir. En vue d'exiger réparation, Maurice suggère à de Champoint de publier sur le groupe un cartel qu'il offre de rédiger lui-même, à l'attention de l'agresseur.

Second témoin en cette sombre affaire, Mai Bhago Singh est une pure souche Canadienne d'origine sikhe et une Montréalaise aguerrie. Avant d'accéder à une retraite aussi précoce que méritée, elle a durant deux décennies mis au service du drapeau à feuille d'érable le savoir-faire martial que lui ont légué ses aïeux. Lorsqu'elle se ravitaille en victuailles et qu'elle vaque dans Parc-Extension, Mai Bhago se remémore ses heures de gloire dans les plaines d'Afghanistan, où elle a participé à des opérations plus ou moins légales d'extraction de prisonniers et où il lui est arrivé de piller subrepticement quelques villages.

Mai Bhago n'a pas hérité du pacifisme de ses parents directs, tous deux férus d'arts, de lettres et de non-violence. C'est une jeune femme d'action, tout en flammes, qui cultive depuis l'enfance un fort enclin à la résolution des conflits par la bagarre. Adolescente, cette adepte des arts martiaux jouait des poings à la moindre occasion, contrairement à la philosophie que ses maîtres lui prodiguaient au dojo. Et, lorsque ses frères et sœurs suivaient docilement des leçons de sitar ou de broderie punjabi, Mai Bhago préférait s'user les pupilles en regardant des westerns en boucle ou se faire arranger le minois en défiant les gangs de rue alentour. Sans surprise et malgré les réprobations familiales, le jour de sa majorité, Mai Bhago a rejoint les Forces armées canadiennes. Puis, elle a vu de la guerre et du pays.

En tant que vétérane des Forces armées et compte tenu de son faramineux palmarès pour faits d'armes, Mai Bhago s'est vu attribuer une maisonnette de type « shoebox », ainsi qu'une pension lui permettant de mener une existence simple, mais à l'abri de toute frugalité. Au sous-sol du logement, elle s'est organisé un stand de tir clandestin totalement insonorisé, où elle se plaît à tester ses armes automatiques et à maintenir son habileté dans la pratique du bout portant.

Pour améliorer l'ordinaire et garder sa forme physique alerte, Mai Bhago participe une ou deux fois par an à quelques opérations officieuses outre-mer. Une tractation entre clans rivaux, une mallette de devises égarée, un échange de prisonniers ou le recueil de données sensibles... les occasions qui exigent un recadrement musclé et discret ne manquent pas. Les agences non gouvernementales qui louent les services de Mai Bhago sont généreuses sur la solde, et acceptent souvent de lui verser ses primes de risque en nature, ce qui permet à la jeune femme de tenir son armurerie personnelle au goût du jour. Et puis, ces petites excursions, comme elle les appelle, donnent à l'ex-militaire l'opportunité de jouer de la gâchette avec d'anciens camarades de combat, en somme de prendre part à ce qu'elle considère comme des activités sociales, en plus des agréments de voyager et d'être rémunérée pour ce faire.

Une fin d'après-midi, Mai Bhago sirote un jus vert vodka au comptoir du *Waverly,* en parcourant la notice technique d'un nouveau gilet pare-éclats sur sa tablette. Comme le barman fait tinter sa cloche pour annoncer l'ouverture du « happy hour », elle est tirée de sa lecture par une altercation entre deux clients. Elle relève la tête et « cadre la situation » en un clin d'œil expert : le gros hipster d'aspect bûcheron qui vient d'expédier le frêle bobo au plancher n'a pas le poing très lourd ni précis. L'autre, à terre et qui crache quelques caillots de sang entre deux jurons anglais, ne fait pourtant pas le poids. Le barman, passé côté salle pour calmer l'épais barbu, se fait pareillement étaler...

CONTES BOUGONS

Mai Bhago finit son verre cul sec, puis avec grâce, silence et précision, règle en deux temps son cas au factice coupeur de bois. Des trois bonshommes qui gisent au sol, le seul qui se relève esquisse un sourire saoul :

— *Sir Walter de Pourceaugnac, miss! Would you let me the favour to serve you a drink myself for your precious help?*

— *Mai Bhago Singh, enchantée. We may drink in English if you wish so. Vous ai-je à ce point tapé dans l'œil ?*

Le cartel (pièce à conviction sur clé USB, scellé A13T de la SQ)

Sir Walter de Pourceaugnac,
Par le présent cartel, je soussigné, José de Champoint, né sur l'île de Montréal et résidant sur cette même terre insulaire, en ma qualité d'homme d'honneur, de créateur et d'administrateur du groupe en ligne dans lequel vous fîtes irruption inconvenante, vous mets en demeure de :
– rétracter sans délai l'accusation odieuse que vous portez envers ma personne quant à mon patronyme, donc à mon ascendance ;
– formuler et publier ici même, sans délai, vos humbles sinon sincères et officielles excuses ;
– me transmettre via PayPal la somme de cinq mille dollars canadiens (5 000 $ CAN) destinée à couvrir les frais occasionnés par votre inconduite reprochable envers ma personne (boissons réconfortantes, tabac, huiles et onguents relaxants, médication, temps consacré à vos broutilles inconvenantes...).
Veuillez comprendre que le présent cartel vaut soufflet.

En l'absence de retour positif de votre part sur les trois points susmentionnés dans les vingt-quatre heures, je vous inviterai à recueillir ma quête de réparation en personne, accompagné du témoin de votre gré, en un lieu et à une heure qu'il nous plaira de déterminer ensemble.

Mieux mort que sali !

José de Champoint

Feu de l'action livré a posteriori, Montréal, Québec, Canada

LE DÉROULEMENT DES FAITS suivants a été établi sur la base des informations recueillies par les inspecteurs de police de la Ville de Montréal et de la Gendarmerie royale du Canada auprès des deux témoins directs survivants. Une demi-douzaine de témoignages issus de riverains et passants corroborent la scène et ont permis d'en livrer force détails. La saisie de matériel informatique, de téléphones cellulaires et les enregistrements de caméras de surveillance aux abords du parc La Fontaine ont étayé les contenus du dossier.

Le rendez-vous a été fixé par les intéressés le vendredi 5 octobre 2018, à 5 h 45, au parc La Fontaine pour deux d'entre eux, et au Logan Park pour les deux autres qui réfutaient la francisation des lieux. Malgré les divergences d'appellation de la scène, tous se sont retrouvés dans le grand carré de verdure niché sur le Plateau Mont-Royal, précisément de part et d'autre du pont des Amoureux qui en enjambe les bassins de différents niveaux. Monsieur José de Champoint et Monsieur Maurice Bas-Côté sont arrivés par transports en commun et ont pénétré dans le parc par la rue Rachel.

Monsieur de Champoint était vêtu d'un habit de type queue-de-pie extrêmement mité, d'une chemise à jabot grisonnante et d'une sorte de bermuda en toile. Il était coiffé d'un tricorne fort rabougri et chaussé d'une paire de baskets tricolores siglées Le Coq Sportif. Il tenait en main sans les porter une paire de gants ornés de fleurs de lys. Tout de noir habillé, Monsieur Bas-Côté portait quant à lui un sac d'escrime contenant deux fleurets de collection, ainsi qu'une paire de tenailles ayant vocation de libérer les mouches des armes sportives et d'en rendre le piqué létal.

Sir Walter de Pourceaugnac, accompagné de Mademoiselle Mai Bhago Singh, sont quant à eux parvenus sur place depuis la rue Sherbrooke. Monsieur de Pourceaugnac était ceint d'un mini-kilt à motif de tartan réalisé par une designeuse torontoise. Arborant un sweatshirt aux couleurs de l'Union Jack, il était coiffé d'un haut-de-forme vert à trèfles rappelant ceux dont s'affublent les soiffards dans les pubs lors de la Saint-Patrick. Comme une atteinte ultime au raffinement classique, ses orteils pédicurés dépassaient de sandales de marque Umbro. À sa suite, Mademoiselle Singh, vêtue d'un treillis et d'une veste commando noirs, avait noué sa chevelure charbon en une longue tresse lui battant postérieur. Elle portait un coffret contenant deux armes à feu de type Colt 45 versions parabellum, ainsi que deux chargeurs alimentés équitablement.

À 5 h 45 précises, parmi quelques linceuls de brume s'élevant des bassins du parc et l'air battu par plusieurs volatiles indisciplinés, Mademoiselle Singh et Monsieur Bas-Côté se sont avancés jusqu'au centre de la passerelle avec leurs bagages respectifs. Quelques mots indistincts ont été échangés courtoisement, Singh a envoyé une pièce de monnaie tournoyer en l'air et Bas-Côté l'a rattrapée, puis les deux témoins sont repartis auprès de leurs petits maîtres du moment.

À l'extrémité est du pont, après avoir rendu compte à de Champoint, Bas-Côté a ouvert le sac d'escrime et entrepris d'en étêter soigneusement le contenu. À l'extrémité ouest, Singh a nonchalamment posé le coffret aux Colt par terre, avant de traverser pour récupérer et vérifier l'outil destiné à de Pourceaugnac.

Tandis que les premiers brouhahas précédant l'heure de pointe matinale commencèrent de surmonter la cime des arbres, une bruine glaçante vint parfaire l'inéluctabilité sordide du tableau. Outardes et canards gagnèrent l'abri des bosquets et les premiers écureuils gris éveillés descendirent de leurs nids en quête de petit-déjeuner. On entendit 6 h sonner simultanément depuis les églises Sacré-Cœur-de-Jésus et Saint John the Evangelist. De Champoint et de Pourceaugnac s'avancèrent sur la passerelle avec leurs lames d'estoc.

— *J'ai bien l'honneur, Monsieur, de vous mander ici réparation jusqu'à ce que trépas s'ensuive, comme nous en sommes convenus et par le choix d'armes dont nous a pourvu le sort,* lança José d'une voix un tantinet tremblante et jetant en même temps l'un de ses gants en direction du visage adverse.

— *Bull shit, roturier batracien, je m'en viens vous arranger de si jolis piercings que votre identité va fuir votre enveloppe par cent trous et laisser voir DE quelle espèce vous êtes, indeed*, rétorqua Walter en esquivant le gant. *En garde, coquin DE my ass !*

Dressés sur leurs rives respectives pour assister à la phrase d'armes, les témoins restèrent cois, concentrés pour percevoir quel premier sang serait versé. Et, alors que l'assaut finalement unique du duel fut sur le point de naître, un sentiment furtif d'hébétude les traversa tous deux, contrairement aux premiers concernés. Un bref instant, ils ne surent plus exactement quelles origines avait la discorde qu'ils assistaient à résoudre. Quant aux fleurettistes déjà lancés dans la joute, leurs facultés de réflexion se trouvaient à ce stade aussi vives que le doute qui les animait.

Les escrimeurs absolument novices se mirent en garde comme s'ils présentaient une pince à hot-dogs à un feu de foyer. Le port de tête était respectable, cependant que les postures laissaient tristement à désirer. Deux vieilles dames munies d'aiguilles à tricoter pour embrocher leurs pelotes réciproques n'eussent pas fait meilleure illusion.

De Champoint visa vaguement le cœur d'en face. Dans une détente étonnamment leste pour la condition physique fort moyenne qui était sienne, il atteignit de Pourceaugnac dans l'orbite oculaire droit. Dans un même laps de temps, un iota avant d'être piqué, ce dernier chargea en direction du foie francophone. Indocile, le fleuret rouillé s'enfonça néanmoins dans la cuisse adverse, quelques minuscules échardes métalliques y déchirant aussitôt l'artère fémorale.

Le spectacle, en deux secondes plié, fut cocasse et répugnant. Les deux bouchons bonshommes s'étaient instantanément et mutuellement figés au bout de leurs épingles. La curieuse accolade, qui rappelait un maussade jeu de mikado, hoquetait au milieu du pont en crachant, en bavant et pire encore. Les duellistes, jadis en goguette, pataugeaient maintenant dans d'immondes flaques alimentées par leurs fluides respectifs, ce qui provoqua moult haut-le-cœur chez toute une famille de petits suisses s'ébrouant non loin.

Ému par la vague de douleur soudaine, alors que son œil venait d'exploser telle une grenade trop mûre, de Pourceaugnac vomit tout son estomac en un jet si puissant qu'il vint souiller le jabot de José, en même temps que le propre sang de ce dernier qui jaillissait depuis sa cuisse meurtrie. Sir Walter songea sans pouvoir la prononcer à une formule anglaise fort peu anglicane pour exprimer le mélange de surprise, de rage, de mort et de souffrance extrême qui électrisait tout son corps. Avant de se statufier tout à fait et sans choir, il crut trouver la force ultime de dire son mépris à l'informaticien crevant. Mais seul un triste râle quitta sa gorge :

— *Dammmmmnnned frooooogggy...*

De Champoint, qui venait de se faire copieusement asperger et poinçonner avant même d'avoir achevé son estocade, perdit son tricorne. Sa mâchoire se serra avec une telle vigueur sous l'effet de la morsure du fer qu'il perdit également trois incisives et deux molaires. Et, comme s'il venait d'être à moitié guillotiné, sa tête bascula vers le sol visqueux. Durant les quelques secondes où son esprit demeura prisonnier de sa carcasse, José eut le désagréable loisir de constater la vidange de sa vessie jusque dans ses baskets tricolores. Comme il n'avait pas prévu de belle phrase en cas de défaite, la voix tremblotante de l'orgueilleux offensé opta pour la simplicité. Il s'éteignit ainsi :

— *Rhaaaaa maaaaarrrrde...*

Dans la fraîcheur matinale du parc qui semblait s'être tu, quelques gargouillements douteux s'élevèrent, accompagnant les gaz ultimes des deux macchabées. À l'instar d'un monument que l'on vient d'inaugurer, le pont arborait l'embrassade piquante et sinistre des deux amoureux malgré eux. De part et d'autre, les valeureux témoins avaient déguerpi, sans avoir songé à prodiguer de premiers soins ni même attendu l'expiration ultime des pétrifiés. Dans l'un des bassins, un caneton jouait avec une sandale Umbro. Une mouffette regagnant son terrier saisit à la volée un gant à fleurs de lys, et jugea inutile d'asperger son propriétaire tant son odeur était déjà nauséabonde.

Épilogue-épitaphe

VENDREDI 5 OCTOBRE de l'an de grâce 2018, à 6 h 12, Mademoiselle Mai Bhago Singh et Monsieur Maurice Bas-Côté furent interpelés par des patrouilleurs de la SQ, alors qu'ils se déplaçaient avec un empressement suspect aux abords du parc La Fontaine.

Après avoir purgé huit ans d'incarcération en la prison de Bordeaux pour association de malfaiteurs et complicité de meurtre avec préméditation, Mademoiselle Singh fut portée disparue lors d'un séjour humanitaire au Yémen. Elle y offrait officiellement des cours de langue et culture françaises.

Monsieur Bas-Côté, faisant face aux mêmes accusations, eut recours à un cabinet d'avocats renommé de Toronto pour défendre sa cause. Il obtint un pardon royal et poursuivit sa carrière médiatique en même temps que sa quête de guérison identitaire.

Aucune famille n'ayant réclamé les corps, pour l'exemplarité, les autorités de la Ville de Montréal décidèrent d'inhumer suivant une « méthode croisée » les duellistes dépouilles. Les restes de sir Walter (de) Pourceaugnac furent ainsi inhumés dans le cimetière du Mont-Royal, ceux de José (de) Champoint dans le cimetière Notre-Dame-des-Neiges. Plusieurs organismes politico-culturels tentèrent de lever des fonds afin d'ériger des pierres tombales honorifiques, mais la Ville trancha en produisant deux stèles funéraires gravées à l'identique :

Ci-gît un Canadien, Here lies a Canadian,
Sans particule, Without particle,
Anonyme, Anonymous,
Sans descendant, Without descendant,
Simplement. Merel

Mauvais augures

Prémices géographico-dépressives

LA SOURCE MORTIFÈRE QUE l'on évoque ci-après puise son origine dans le Doubs, dans un hameau à flanc de vallon, en Franche-Comté. Givreuil compte une dizaine de bâtisses, certaines plus récentes que sous neufs, d'autres en ruines dévorées par les ronces. Le reste du bled sert d'écrin à quelques fermes comtoises rachetées et entretenues à prix d'or par des couples urbains fortunés. Sur la route principale qui divise Givreuil, on trouve encore une boîte aux lettres jaune et une cabine téléphonique à pièces estampillées PTT, une mairie sans drapeau et aux fenêtres murées, un mini obélisque cerné de chaînes en mémoire des locaux tombés durant les guerres. Le long du même axe, quatre kilomètres en direction de la gare régionale TGV, un petit centre commercial où se blottissent un super-marché, deux salons de coiffure, quatre troquets, dont un tabac et un cabinet médico-vétérinaire.

D'aucuns attribuent le nom de Givreuil à l'ancien franco-provençal, voire à l'arpitan. Située à faible altitude sur le chemin des pâturages plus lointains et plus élevés, la commune aurait été le théâtre d'égarements massifs du gibier des forêts qui l'entouraient jadis. Selon les anciens, chaque fin d'hiver et dans une mimique spontanée rocambolesque, chevreuils, sangliers et cerfs se lançaient à la trousse du bétail en départ pour la transhumance. Puis, désorienté par les regains de froid et les givrées nocturnes fréquentes, le gibier était régulièrement trouvé raide mort, épars le long des chemins et à travers champs. Les bergers et cultivateurs du coin prirent, au fil des saisons et des incidents, coutume de nommer le vallon Givreuil — « lieu givrant chevreuils et autres bestiaux des bois et où il n'y a qu'à les cueillir pour en faire ragoût ».

Nicolon vit dans une coquette maison à étage pourvue d'un terrain avec vue sur les hauteurs du vallon et d'un potager. Né plus haut dans l'Hexagone, où il a partiellement grandi dans la capitale, il a traîné ses guêtres de trentenaire jusque dans la région après avoir essuyé quelques douloureuses remontrances du fisc. Revenant de ses onéreuses et autrefois riches heures d'entrepreneur, Nicolon a suivi les conseils d'une amie l'incitant à renouer avec une réalité financière plus simple. Après plusieurs années à jouer les transfrontaliers dans différents domaines professionnels, dont il détient le secret, Nicolon a pu éponger ses dettes et su tirer parti des pénuries de main-d'œuvre en Suisse voisine. Il a quitté Besançon, cessé de faire la navette avec Genève et a acquis sa maison avec pour idée d'y ouvrir une brocante.

Cultivant un penchant taciturne certain, Nicolon s'est installé à Givreuil comme un voyou repenti, mais toujours en cavale, qui choisit d'embrasser les ordres. Sa retraite non cloisonnée, mais sur la pointe des pieds, a débuté avec un mobilier rudimentaire, une cave à vin embryonnaire et un chiot pour la compagnie sans l'incommodité des conversations nécessaires. Nicolon avait opté pour un voisinage immédiat restreint, et pour une maison avec cour ouverte sur la route dans le but d'y établir une brocante.

Il avait conçu sa nouvelle existence sans beaucoup songer aux lendemains. On lui rendait visite avec parcimonie, depuis la ville trop proche pour sceller son isolement et trop lointaine pour laisser libre cours à la survenue d'apéritifs intempestifs. Il promenait son chiot dans les bois de Givreuil, en bordure des champs, tout en conceptualisant son projet brocanteur. Son garage était béant, presque propre et prêt à accueillir les étrangetés et vieilleries sur lesquelles il n'avait pas encore mis la main. Son quotidien était balisé de balades, et s'articulait autour du café matinal que Nicolon prenait en terrasse, de quelques emplettes alimentaires vite expédiées au supermarché du coin, puis de son absinthe de 18 h, également prise en terrasse et qui clôturait rituellement la journée.

Parmi les visiteurs les plus réguliers que Nicolon reçoit sans maugréer, il y a la surnommée Buggy, un morceau de femme dans la mi-trentaine, d'apparence un brin garçonne par sa maigreur, sa poitrine quasi inexistante, sa coupe de cheveux courts, ses tenues vestimentaires. Nicolon connaît Buggy depuis une quinzaine d'années, même s'il ignore toujours son nom de famille et son prénom véritable.

Buggy est mécano dans un petit garage en lisière de Besançon. Nicolon l'a rencontrée autour de sa Laguna hors d'âge, éventrée un soir d'été par une surchauffe moteur fatale. En entreprenant l'autopsie du cadavre automobile,

Buggy avait éclaté de rire, constatant la sécheresse de la jauge à huile. C'est d'ailleurs à cette dernière et seule occasion que Nicolon vit Buggy se marrer, une rigolade empreinte de mépris et de réprobation. La liaison amicale entre Nicolon et Buggy était née ce soir-là, sans ambiguïté, la mécano ayant pris soin, en raccompagnant Nicolon et en acceptant un dernier verre, de notifier d'emblée ses préférences amoureuses pour la mécanique et le sexe féminin.

Buggy n'est guère plus bavarde que rieuse, ce qui sied à Nicolon et contribue à la permissivité dont celui-ci fait preuve quant aux irruptions chroniques de la jeune femme dans son quotidien. Buggy a jadis été affublée de son surnom par ses collègues du lycée professionnel. Contrairement à ce qu'on pourrait croire de prime abord, le quolibet ne réfère pas aux engins à quatre roues qui sautillent parmi les dunes du Paris-Dakar, mais aux tumultueux ratés sentimentaux accumulés par la pauvre jeune femme. Au détour d'un verre de trop, Buggy l'a d'ailleurs plus d'une fois expliqué à Nicolon :

— *Tu vois, ben moi j'ai toujours bogué en amour. Depuis la puberté, la poisse me poursuit et me colle au pare-choc. Tu sais bien, les gars, c'est pas mon modèle, mais les nanas pardon, j'en ai collectionné et même des sacrés spécimens ! Le garage suffirait pas à entreposer mes conquêtes, dis ! C'est là que ça foire, d'ailleurs, là que ça a toujours bogué. Ils ont bien vu, les cons collègues, ils m'ont collé le juste diagnostic quand on y pense. Parce que je sais pas comment je m'arrange moi, je tombe 100 % sur de l'irréparable, des tromblons juste bons pour la casse, des machines qu'on devrait pas laisser rouler librement.*

Et chaque fois que la rengaine revient sur le tapis, Nicolon tente sans grande conviction, mais par courtoisie, de tempérer l'apitoiement de son amie sur son célibat forcé du moment.

— Tssss, tu exagères Buggy, c'est juste que tu n'as pas encore trouvé la bonne. Les vrais jolis cœurs, ça ne se trouve pas sur l'autoroute, mais au hasard d'une petite route de campagne. C'est juste que ta dernière, faut la considérer comme un accident...

Face à la moue qu'opposait Buggy, force était pour Nicolon d'admettre que la *checklist* amoureuse de la mécano était peu reluisante, voire risiblement affligeante. Des quatre dernières amantes de l'intéressée, pas une ne passait le contrôle technique de la normalité. Les vices de construction étaient farfelus et difficilement opérables. Ainsi, parmi ses récentes dulcinées, Buggy comptait une orthorexique spécialisée dans la nutrition guaranie, une potomane s'abreuvant exclusivement de liquide amniotique, une cleptomane ravisseuse de cleptomanes. Dernièrement, Buggy avait dû mettre fin à sa liaison avec une jeune serveuse de café atteinte d'un virulent pica particulièrement porté sur la porcelaine. La malheureuse avait fini aux urgences après avoir ingurgité l'intégralité du service à thé grand-maternel de la garagiste. Solidaire de son amie, Nicolon avait promis de réparer la perte de Buggy dès sa brocante ouverte.

Mais les jours et les ans s'égrainaient, Givreuil livrait avec une fidélité saisonnière ses lots de gibier refroidi, la brocante de Nicolon ne pointait point. Buggy poussait sans sonner le portail deux ou trois fois par semaine, peu avant l'heure de l'absinthe, et patientait sur la terrasse jusqu'au retour du maître des lieux. Les deux s'installaient alors, plutôt silencieux, on versait de la verdure dans les verres, on arrosait d'eau fraîche et pendant que le toutou faisait sieste, Nicolon entreprenait d'apprendre les récents déboires de sa malheureuse amie. La répétition apéritive était telle que Nicolon en était venu à associer l'absinthe au sentiment amoureux dépressif. Et plus Buggy donnait dans la fée verte, plus son humeur semblait sombrer dans toutes sortes d'enfers verts — lesquels eussent déprimé Conrad et Coppola de conserve.

Quand elle finissait trop ivre, Buggy dormait sur le canapé, aux côtés du chien, et Nicolon la couvrait d'un plaid, chancelant lui-même après avoir affronté plusieurs heures durant les noirceurs de son amie. Comme il laissait précautionneusement une bouteille d'eau fraîche à portée de la triste soûlarde, l'hésitation d'y faire fondre quelques comprimés de Xanax le tourmenta à maintes reprises. Nicolon ne céda cependant jamais à la tentation salvatrice et, se préférant le rôle de loyal paratonnerre à celui de guérisseur en douce, il résolut d'encaisser les déboires de Buggy au fil du temps. Après tout, l'absinthe et le canapé semblaient chaque fois éteindre puis requinquer la donzelle, et celle-ci repartait au combat du lendemain avec une vaillance comme neuve, le cœur fin prêt à s'amouracher de nouveaux ovnis.

Peu après l'avoir rencontrée, Nicolon avait décelé chez Buggy un trait de caractère, sinon une attitude aussi récurrente que sa quête d'âme sœur, dont l'intoxication éthylique décuplait les manifestations. Buggy cultivait, avec une ardeur à peine voilée, un odieux sens du déni, doublé d'une tout odieuse tendance à omettre ses propres torts et à ne point percevoir de raison en-dehors de la sienne propre. Pour le dire simplement, elle incarnait une incommensurable mauvaise foi et saisissait la moindre occasion pour en apporter les preuves. Cette découverte permit à Nicolon de traduire dès lors les récits de Buggy, de pondérer ses innombrables chaos relationnels et de mettre en perspective sa victimisation amoureuse systématique. Mais, puisqu'il se trouvait bien seul à Givreuil, qu'il réfrénait avec sagacité ses élans antiquaires et s'enquiquinait généreusement, Nicolon pardonnait secrètement à Buggy son terrible défaut. *Mieux vaut mal accompagné que seul, parfois*, songeait-il.

Double rencontre, duo de croisements

UN MATIN, ALORS que Nicolon sifflait son cabot qui coursait du bétail le long de la clôture d'un pré, il crut voir double. Dans sa fébrilité pastorale, la boule de poils canine semblait s'être magiquement dédoublée, comme pour mieux effarer le troupeau qui paissait là. Ce devait être l'absinthe de la veille sur laquelle il avait forcé plus que d'ordinaire — cette verte fée se muait souvent en redoutable sorcière lorsqu'il s'agissait d'arranger de puissants maux de cheveux les lendemains de cuite... Pourtant, Nicolon le constatait, non sans un soupçon d'épouvante incrédule : son chien était devenu deux. Et les deux bergers clones asticotaient pareillement béliers et brebis à travers les fils électrifiés, dans une pagaille d'aboiements belle et bien synchronisée !

Un brin étourdi par sa vision, Nicolon se mit au pas de course pour atteindre la furie clébarde. Double ou non, celle-ci ne manquerait pas d'alerter et de mettre en égale fureur le gardeur de troupeau, qui avait déjà réprimandé Nicolon en déversant sur son compagnon canin et lui-même nombre de jurons pastoraux. Cavalant en rappelant son chien dédoublé, Nicolon aperçut une grande silhouette qui progressait vers le même but, suivant une trajectoire opposée. Sûrement le propriétaire du chien jumeau! D'ailleurs, la silhouette sifflait pareillement, mais son sifflement eut un meilleur effet que celui du brocanteur en balade, puisque d'un coup, le binôme de chiens se figea tout silence.

— *Bien lé bonjiour, Missieur,* s'exclama l'homme depuis sa silhouette, *les chiens s'amiousent commo des pétits cochons, on dirait, héhé!*

Nicolon salua poliment l'inconnu, en essayant de reconnaître sa bête parmi les deux, mais sans y parvenir. Les bergers étaient parés des mêmes yeux vairons, des mêmes oreilles ébouriffées par la folle confrontation au bétail. Tous deux haletaient d'une même écume, laissaient pendre une même langue rose et battaient de la queue en un même métronome.

— *C'est insensé,* constata Nicolon à voix haute, *ils sont vraiment pareils... je... c'est incroyable...*

L'individu se tenait droit, accoudé à un bâton tortueux et emballé dans une cape brune trouée ici et là. De longues mèches de cheveux gris et bouclés débordaient depuis son chapeau de paille et il portait une moustache fine surplombant une mouche, en vrai d'Artagnan. Son teint mat et sa peau striée avouaient avoir trop vu le soleil et son accent confirmait inéluctablement une provenance sudiste.

— *Mama mia, ma vous avez raison, cher missieur, ces cabots nous jouent des tours, héhé! C'est stoupéfiante, ahurissante! Yé né sais plous quel est lé mien. La réssemblance est una folie, héhé, la natoure est parfois coquine, héhé... Voulez-vous bien choisir lé vôtre, yé vous prie?*

Mais Nicolon eut beau appeler, palper, reluquer, caresser, rien ne distinguait l'un de l'autre. Les deux chiens le reniflaient et lui léchaient docilement la main à l'unisson. Il regretta de n'avoir pas fait pucer son animal, mais les aveux de l'inconnu confirmèrent que son chien, à lui aussi, était sur ce point hors la loi. Finalement, après avoir échangé leurs coordonnées respectives et s'être rendu compte qu'ils étaient assez voisins, les deux maîtres convinrent de partir chacun de leur côté en compagnie du chien qui les suivrait. Ils se donnèrent rendez-vous chez Nicolon en fin de journée, afin d'échanger leurs impressions et pour, le cas échéant, reprendre leurs biens poilus. Nicolon termina ainsi sa promenade quotidienne et rien ne lui sembla indiquer qu'il s'était trompé de chien.

Le clocher de Givreuil sonnait 18 coups lorsque Corrado Doppiatore parut avec son compagnon à quatre pattes dans la cour de Nicolon. Doppiatore avait troqué cape et chapeau pour un costume deux-pièces élimé. Sans cravate, il avait plaqué sa tignasse poivrée sur l'arrière du crâne et lustré ses bacchantes. Sa soixantaine avancée lui pourvoyait une allure grêle cependant élégante, que rehaussait sa mine méditerranéenne. Le bougre n'aurait pas fait tache dans une ruelle de Naples, attablé à la terrasse d'un bistrot à siroter un espresso aux heures felliniennes.

Nicolon fit bon accueil, d'autant qu'il était désormais à peu près persuadé d'avoir récupéré le juste toutou, et que Doppiatore lui avait apporté un fameux bordeaux presque aussi vieux que lui-même. On prit place sur la terrasse, Nicolon coupa de la saucisse sèche, présenta un bol d'olives, de l'absinthe, et les présentations purent débuter dans les règles de l'art, c'est-à-dire sans soif ni faim naissante. Juste avant cependant, les bonshommes firent le point sur leur situation canine et la chose fut promptement résolue.

— *Ah quand même, pardonnez-moi de vous avoir dérangé,* s'exclama Nicolon. *C'est bien avec mon cher chien que je suis tout à l'heure reparti. Mais diable, quelle ressemblance avec le vôtre ! Tenez, à les voir trotter dans le jardin, je suis à nouveau incapable de les distinguer !*

— *Ma, laissez donc le diabolo à ses affaires, jeune homme. Né vous inquiétez pas, je n'aurai qu'à rappeler le mien avant dé répartir. Aplès tout, s'ils sé réssemblent, pouviou qu'ils né sé chicanent pas... Yé vous en plie, à votre santé ! Yé souis d'ailleurs ravi de faire votle rencontre. Givreuil, mama mia, mé rend seul, seul et plous seul encore qué lé pétit Jésous dans son caveau...*

Doppiatore avait sorti un étui à cigarettes et en alluma une, après que Nicolon eut décliné l'offre de se brunir les poumons. Un cendrier fut apporté, les verres remplis. Tandis que les cabots siamois gambadaient en rang serré dans les alentours, Doppiatore entreprit de livrer à son inviteur quelques repères biographiques sur sa personne et on décida de garder le bordeaux pour une occasion ultérieure, par une météo plus tempérée se prêtant à pareil nectar.

Corrado Doppiatore commença par situer son accent et logea précisément la source de ce dernier dans les Abruzzes, où il était né de parents éleveurs et producteurs fromagers. Il avait passé là une enfance plutôt heureuse et simple, ponctuée de chamailleries avec son frère aîné, de longues heures d'ennui que peut apporter un humble village montagnard à des adolescents qui ne songent qu'aux grandes villes et aux mille et un attraits d'une existence trépidante et surtout dépaysante — dans tous les sens du terme.

— Mama mia, ma qu'est-ce qu'on s'emmerdait, Tou n'imagines pas ! On peut sé dile tou, hein, entle Givleuillois ? Mama mia, on n'avait rien à foutle, à Opi, rien ! Qué des vaches, qué des moutons, qué des champs, des vioux, un couré... Yé vous joure, on crévait à pétit feu, en pleine yeunesse... Un peu como ici, à Givleuil, tou vois, ma en plous sauvage, avé plous de soleil, plous dé neige... Ah, ça beaucoup plous... Opi, c'est un peu lé Givleuil des Abruzzes, ah !

Nicolon écoutait avec attention, en biberonnant son godet et en jetant régulièrement un œil à la paire de cabots, qui s'était à présent étendue sur l'herbe en miroir, dans une parfaite symétrie. Son étonnement semblait diminuer au fil de l'absinthe et des raconteries conviviales. Quand même, par instants, l'absurde de la conjoncture le rejoignait et il se sentait fou. Fou d'avoir perçu son propre chien rencontrer son impeccable sosie en rase campagne givreuilloise, fou d'avoir vu la silhouette ritale débouler en bords de champs, et fou d'avoir convié l'ensemble à troubler son paisible quotidien à l'heure de l'apéro — lors même que ne pointait ni connaissance obscure ni Buggy à l'horizon du portail. Bref, Nicolon doutait et se remuait les sens, tergiversant sous ses airs d'écoute empathique. Intérieurement, il perdait foi en ses organes oculaires. Même l'absinthe et le volubile historique dressé par Doppiatore ne le sonnaient pas suffisamment pour qu'il ne doutât point de l'incarnation de son propre clébard, de ses facultés visuelles, bref de son entière raison.

Doppiatore fumait, avec une distinction éloignée des origines rurales qu'il se plaisait à revendiquer. Il passait en revue les grands épisodes de sa vie, de ses parents grappillant à force de ventes de fromages les terres abruzzaises côtoyant les leurs. Il fumait et semblait souffler vers le visage de Nicolon les fragrances d'une réussite paysanne passée aux accents de soleil dur, de roches calcaires et de drus pâturages, où le monde se réfugiait volontiers à l'ombre d'une chapelle romane salvatrice.

Cependant que Nicolon accueillait la fresque existentielle de l'Italien, et qu'il chassait sporadiquement les images de *Ben Hur* ou de *Rome* qui lui venaient banalement à l'esprit, il s'aperçut combien la mine de son invité était déconfite. Était-ce un excès précoce de breuvage ? Doppiatore était tout de moue, le sourcil bas, les épaules voûtées. Il hochait à ce point la tête dessus son verre que plusieurs mèches gominées lui chatouillaient à présent les joues. Loin d'un Polichinelle d'Épinal, l'Abruzzais paraissait un peu sot, un brin hagard, surtout fort déprimé. Il poursuivait le récit de sa vie, mais d'une voix devenue presque murmure, monocorde et sans entrain. Doppiatore récitait son parcours tel un écolier malchanceux qui ne maîtrise pas son poème au tableau le lundi matin.

Nicolon apprit encore comment le fils de fromagers devenus propriétaires terriens avait finalement été envoyé aux études en ville, tandis que son frère aîné était resté aux affaires familiales dans les montagnes. Le jeune homme n'avait pas tiré parti de sa chance. Après avoir plutôt fréquenté les filles et les cafés que les bancs universitaires de Chieti, il avait pris la route sans prévenir, en quête d'aventures exotiques.

— *Tou complends, y'avais la bougeotte, moi. Y'en avais fait lé tour moi, de Chieti. Ça sé plénait pour dou monde, ma c'était comme au villagé. Mama mia, on n'avait rien à foutle, rien! Qué des vaches, qué des moutons qu'on instruisait, qué des champs autour, des vioux qui cleuvaient en encomblant les cafés... Como à Givleuil, tiens. Moi, il me fallait de la glandeur, dé l'espace, dé l'esplit et sourtout, dou rêve! Alora, yo souis parti, et mes palents m'ont coupé les vivrés. Ma, m'en foutais, y'allais coulir lé mondé, chercher fortouné, quoi. Ma bon, régalde un peu, où yo souis auyourd'houi, lé fabouleux résoultat...*

La nuit tombait doucement sur Givreuil et la paire clébarde roupillait sous le pommier du jardin. D'un sourd et commun accord, Nicolon et l'Italien résolurent de régler le sort du fond de bouteille qui résistait bravement à leurs assauts. De plus en plus penaud, Doppiatore raconta comment, dans son entreprise pour gagner les Indes et une traversée houleuse de l'Adriatique, il avait péniblement tenté de survivre en différents territoires post-soviétiques avant de renoncer et de mettre le cap sur la Suisse pour se refaire. En guise de petits boulots, il avait difficilement gagné sa pitance sur différentes chaînes de montage, s'était usé les vertèbres en cueillettes kolkhoziennes, avait vendu quelques faux témoignages sur la décadence occidentale à des organes de propagande.

Après plusieurs années laborieuses et une progression ralentie par le manque de finances et les passages illégaux de frontières, l'Abruzzais avait échoué dans une petite ville de Transylvanie. Plutôt que d'aller louer son huile de coude à la fabrique de tracteurs locale, Doppiatore s'était alors acoquiné avec un groupe de Tziganes dont le campement était établi dans les Carpates cernant la ville. La communauté, qui vivait de chaudronnerie et de quelques larcins épisodiques, avait élaboré une filière d'importation d'appareils électroménagers depuis l'Occident. La revente de micro-ondes, d'aspirateurs et autres écrans plats s'avérait fort rémunératrice, et la nationalité de Doppiatore fut d'emblée perçue positivement par les Tziganes pour développer leur trafic. Il vécut là des mois, dans un cabanon du campement, à passer des coups de fil en Italie, en Allemagne ou en France, à rédiger de la paperasse douanière et à user sans réserve de son passeport italien pour récupérer toutes sortes de cargaisons usagées que les Tziganes rafistolaient avant revente.

Les Indes s'étaient effacées sous l'accumulation de Braun, de Sony, de Black & Decker, mais gîte et couvert étaient assurés, l'ambiance était de facto bohème, et les fonctions occupées par Doppiatore au sein de l'organisation tzigane lui valaient de réaliser quelques économies.

CONTES BOUGONS

Malgré les questions faussement enthousiastes de Nicolon qui commençait à piquer du nez, le bougre restait avare de détails sur ses vacations tzigano-carpatiques. Le récit laissait simplement comprendre qu'il s'en était agréablement accommodé, et qu'il avait vécu en tzigane parmi les Tziganes jusqu'à ce que ces derniers le considèrent suffisamment loyal pour le renvoyer vers l'ouest accomplir quelques missions.

— *Pardonne-moi cette question, Corrado,* insista Nicolon, *mais à t'écouter, tu semblais à ton aise, chez les Gitans. Certes, la Transylvanie n'est pas le Rajasthan, j'admets que le fer à repasser, le presse-agrumes et le lave-vaisselle ne sont pas l'or, la myrrhe et l'encens, mais quand même, quelle expérience hors du commun...*

— *Bah,* coupa Doppiatore, *tout ça, c'est dé la merda dé tauleau commé disent les Anglais. L'aventoura, la vraie, mon ami, n'est pas celle qué l'on croit et on la trouvé là et quand on né s'y attend pas.*

À cet instant, le duo canin brisa la causerie d'un seul et même aboiement. Les deux s'étaient dressés sous l'arbre, leurs truffes pointées vers le portail, les oreilles dressées et les queues en alerte. Les phares d'une voiture firent leur apparition vrombissante un instant plus tard et après avoir balayé agressivement les deux cabots et les deux attablés, tel un mirador ambulant, l'engin stoppa sur le gravier de la cour. À cette heure avancée, Buggy devait avoir le moral sacrément sous zéro.

Nicolon n'eut pas le temps de tergiverser pour savoir comment amener les présentations. D'un bond endiablé,

Doppiatore se dressa sur sa chaise, siffla en regardant sa montre et tandis que son toutou s'était flanqué à ses pieds, il donna son au revoir, remercia en deux mots et quitta les lieux avec empressement. Il se fendit tout de même d'un élégant hochement de tête lorsqu'il croisa Buggy, laquelle claquant lascivement sa portière n'eut pas la présence d'être surprise par l'allure du compagnon canin aux basques de l'Italien. Quant à Nicolon, ne sachant pas vraiment s'il se sentait tiraillé entre la politesse de retenir Doppiatore et la fatigue d'accueillir son amie à réconforter, il haussa imperceptiblement les épaules et se résigna à rentrer chercher des munitions pendant que Buggy s'installait à table.

En effet, Buggy n'était pas à son meilleur. Sans grande surprise, la garagiste venait de se faire plaquer par une quelconque étoile filante, et Nicolon subit ses noirceurs jusque tard dans la nuit. Buggy finit de cuver sa douleur sur le divan avec le chien et Nicolon s'en alla enfin gagner sa couche, où ses méditations sur la drôle de journée passée le menèrent assez vite aux tréfonds d'un sommeil abyssal.

Révélation apéritive

LES TROIS JOURS SUIVANTS furent suffisamment calmes pour laisser loisir à Nicolon de cogiter à ses fameux plans brocanteurs, sur lesquels il n'avait pas avancé d'un iota depuis des années. Abattu par le manque de perspectives, par les montagnes administratives et financières que son unique projet projetait devant lui, Nicolon ne tarda pas à porter son attention partout ailleurs. Une fois de plus, la brocante et ses antiquités fantasques prirent le bord et furent reléguées au fond de l'âme de l'entrepreneur en devenir qui prenait son temps. Comme d'ordinaire, Nicolon promena son chien, parcourut les mêmes chemins, les mêmes lisières de bois et prés en bordure de Givreuil, fut ici et là confronté aux sempiternels accès de folie de sa moitié canine à la seule vue d'un troupeau. Il ne reçut aucune visite de Buggy et ne rencontra Doppiatore qu'au retour de sa balade du quatrième jour.

Doppiatore se tenait devant son portail, comme s'il patientait. Pas de chien autre que celui de Nicolon à l'horizon, ce qui incita ce dernier à se demander s'il n'était pas arrivé malheur au toutou de l'Abruzzais. Renfrogné par ses turpitudes à vouloir faire commerce d'objets anciens, Nicolon ne se sentait guère l'humeur de soutenir l'ami rital dans un deuil animal ni l'énergie de sillonner la région à la recherche de l'éventuel fugueur.

— *Eh, ça, Corrado, salut ! Quel vent t'amène donc, tu es seul, dirait-on, tout va bien ?* lança Nicolon en prenant garde de ne laisser transparaître l'absence d'entrain avec laquelle il entamait la discussion.

— *Nous sommes touyours seuls, mon cher, touyours, sourtout à Givleuil...* répliqua l'Italien d'une voix morne.

Lorsque Nicolon aperçut les deux bouteilles de rouge que Doppiatore serrait sous les coudes, il était déjà trop tard pour feindre une excuse. Sans la moindre gêne — mais non sans cette élégance qui semblait lui coller à la peau, costumé et proprement gominé —, le grisonnant givreuillois d'adoption ouvrit la route jusqu'à la table de la terrasse.

À ses trousses, Nicolon suivit docilement, un brin étourdi et interdit par tant de hardiesse, mais au fond secrètement soulagé de n'avoir pas à affronter seul l'heure apéritive qui s'en venait. Il ne s'était rien produit de marquant ni ce jourd'hui ni la veille, et l'ennui semblait soupirer de tout son poids sur Nicolon. Son chien même paraissait tellement en proie à l'ennui qu'il rechignait systématiquement à rapporter les balles que Nicolon lui lançait par dépit en sirotant son verre du soir. Ainsi, sans joie, mais avec soulagement, Nicolon et son cabot firent bon accueil à l'intrusion de Doppiatore dans leur grise fin de journée.

Le cabot s'en fut rêvasser sous son pommier à tous les recadrages bovino-ovins qu'il avait effectués à travers les barbelés des champs, et les deux compères de circonstance s'attablèrent autour du gevrey-chambertin apporté par Doppiatore. Tous deux arboraient une mine peu gaillarde, un tantinet blasés, et Nicolon se fit violence pour briser le silence qui semblait se conjuguer à l'ennui pour mieux engluer les soi-disant convives qu'ils étaient malgré eux.

— *Alors quoi, raconte, dis. Où est passée ta bête à babines comme la mienne ? Enfuie ? J'espère qu'elle ne s'est pas fait aplatir par un semi sur la nationale, au moins ? Le fermier du bourg des quatre jonquilles l'aurait-il cognée, dis ? Elle a pris le plomb perdu d'un braconnier ? Raconte, le suspense animal me flanque la chair de poule, et crois-moi, je n'ai pas besoin d'émotions négatives par les temps qui courent... Allez quoi, trinquons et puis raconte voir pourquoi tu es d'un coup tout seul, voisin !*

Doppiatore tourna la tête vers le pommier, en levant légèrement les yeux au ciel. Le chien de Nicolon sciait paisiblement des bûches. Après avoir reposé son verre, il caressa de la paume son menton rasé de frais et tritura sa mouche avec flegme.

— *Tsss, tsss, pouisqu'il mé faut causer, yé vais t'éclairer. Ma avant, tou dois mé promettle qué tou sauras ténir ta langue. C'est oune sécret de familia, Alora, silencio, capice? Acqua in bocca, bouche cousue, hein!*

Nicolon porta spontanément la main au cœur, en acquiesçant. Après tout, le mystère concernait peut-être son cabot à lui. Et puis, l'Abruzzais passerait peut-être davantage à table à cette occasion, il avouerait peut-être le pourquoi et le comment de son établissement à Givreuil plutôt qu'à Genève ou Calcutta. Les pièces manquaient au puzzle de ce voisinage tiré par les cheveux, bref, Nicolon avait soif aussi d'apprendre. Il resservit du vin, non sans avoir constaté l'excellence de la cuvée. Décidément, Doppiatore devait posséder une sacrée cave — pourvu qu'il n'y ait point enterré sa pauvre bête...

L'apéritif prit à ce point une tournure des plus singulières et sombra dans l'étrange. Nicolon fut tellement décontenancé par les propos de l'Italien qu'il fut tenté de lui quérir une cigarette, quoiqu'il eût renoncé à ses manies tabagiques depuis trois ans, neuf mois, deux semaines et quatre jours. Il se ravisa cependant, optant avec grimace pour une gomme nicotinée qu'il tira de sa poche de chemise et qui se mariait misérablement avec le divin nectar dont il s'abreuvait.

— *Pour commencer, mon cher, yé n'ai pas dé chien. Ah! Yé n'ai pas dé chien, héhé! Tiens, tiens! Cé qué tou as cru voir, cé n'était pas un chien, tout jouste lé réflet dé ton toutou à toi. Ah!*

Doppiatore s'exprimait à voix basse, chuchotant presque, avec gravité. Ses yeux paraissaient éteints, un rien vitreux. Il avait déposé sa cigarette en bord de cendrier et fixait Nicolon, dans la nuit tombante. *Bah, ce type est cinglé*, songea Nicolon en mâchouillant sa dosette 14 mg, mais puisqu'il n'avait rien de mieux à faire, il résolut d'écouter la suite sans broncher, pour voir dans quelles contrées folles l'Abruzzais tentait de l'emmener.

— *Mon toutou*, reprit Doppiatore, *c'est ton toutou, eh! Tou n'as rien vu, tou a jouste cru voir. C'est un vieux tour qué mes ancêtres sé refilaient dans les Abruzzes, dou temps où ils n'avaient pas les moyens d'avoir un chien pour garder leurs bestiaux. Un vieux moine qui s'en allait vers Compostelle leur avait démandé l'asile pour quelques notti. Malgré la pauvreté, la pétite maison et lé manque do mangiare, mes ancêtres ont hébergé et nourri lé moine. Lé bonhomme, qui venait dé Bari, dans les Pouilles, était fort instrouit et initié à des connaissances occoultes remontant à l'époque dé Trajan et dé sa fabouleuse via romana. Donc, par gratitoudé, lé moine a enseigné aux ancêtles un tour dé passe-passe hypnotique qui permet dé donné l'illousion qu'une bête devient deux. Par la souite, ma familia a touyours pou promener ses troupeaux sans avoir bésouin dé chiens. Jouste, chaque fois que les ancêtles croisaient d'autres bergers, ceux-là croyaient voir par magie un toutou como lé leur. Ma famila a touyours outilisé les chiens des autres en dé moultiples occasions et desseins...*

Écoutant l'abracadabrant récit, Nicolon était partagé entre l'agacement, l'envie d'exploser de rire au nez de l'halluciné conteur et la tentation de filer dans son salon pour composer le numéro de Police secours. Mais comme tout le fatiguait, qu'il n'était pas le moindrement enclin à seulement sourire, et qu'il ne comptait pas convier le scandale dans sa cour, il se contenta de hausser les sourcils et choisit même d'entretenir le délire de son hôte en le poussant dans ses retranchements bizarres.

— *Bon, bon, Corrado... Donc, tu n'as pas de clebs et tu m'as endormi depuis l'autre jour dans les prés, soit, admettons. Tes aïeux des Abruzzes font œuvre de magie depuis des lustres et les générations de ta famille se pourvoient gratis en chiens à qui mieux mieux, en se transmettant le truc hypnotique d'un moine, soit, admettons. Mais quoi, si tu as le don de dédoubler les cabots, sais-tu aussi doubler les mises, les lingots, les bouteilles...*

Et à cet instant, les bouteilles de gevrey-chambertin vinrent étinceler dans l'esprit de Nicolon, mais Doppiatore ne lui laissa pas le loisir d'élucubrer plus avant.

L'Abruzzais fronça les sourcils, s'étira le dos contre le dossier de sa chaise, s'autorisa une généreuse rasade de rouge qu'il engloutit d'un trait. Puis, sans répondre à Nicolon, il quitta la table, fit quelques pas dans l'ombre et rejoignit les ténèbres qui régnaient sous le pommier. Nicolon entendit une sorte de bref grognement. Puis, quittant le noir telle une apparition démoniaque qui s'en vient taquiner les vivants, Doppiatore reparut lentement. Il était encadré par deux cabots et le trio se posta, dans une sorte de parade mécanique, face à Nicolon.

— *Pour lé pinard, mon trouc né fonctionne pas. Ça marche ouniquement pour les clébards. Ma, j'ai une bonne cave,* marmonna l'Italien en caressant les deux cerbères. *Et pouis moi, ye m'en fous des chiens. Ye mé sers jouste dé cé trouc pour rencontrer un peu dé monde. Nous sommes touyours seuls, mon cher, touyours, sourtout à Givleuil...*

Tierce rencontre

LES SEMAINES SUIVANT cette soirée hautement ésotérique furent d'une éberluante platitude. Nicolon avorta plusieurs participations à diverses ventes aux enchères, annula un rendez-vous avec sa banque pour contracter un prêt et lancer sa brocante sisyphéenne, et dans un élan de nerfs, il brûla intégralement les feuillets qu'il avait rédigés pour son plan d'affaires. Il cantonna son quotidien à ses promenades canines, à remplir son frigo, à maugréer envers toutes les antiquités du monde, anciennes et hypothétiquement à venir.

Les fins de journées furent ponctuées par les visites de Doppiatore, lequel avait concédé de venir désormais seul, mais systématiquement pourvu d'un binôme de bouteilles, et de Buggy. Par chance ou par exprès, cette dernière déboulait généralement les soirs où l'Abruzzais passait son tour. Les deux ne se croisaient donc pas, ce qui avait pour effet de cadencer la charge apéritive de Nicolon à plein régime, tout en lui assurant d'accueillir en alternance la déprime de ses hôtes.

CONTES BOUGONS

Doppiatore ressassait son statut de solitaire sans fin et s'épanchait interminablement sur son passé fantasque. Toute trace d'humour semblait avoir sué à travers sa mince carcasse, s'être aussi bien évaporée que l'ensemble des toutous dédoublés par les Doppiatore au gré des siècles. L'Abruzzais venait, buvait, soliloquait en pestant contre la vie moderne, maudissait Givreuil et ses Abruzzes natals, vociférait en direction d'une Asie jamais atteinte, et rouspétait contre les Tziganes d'aujourd'hui, lesquels à en croire les médias avaient massivement migré dans les métros des capitales européennes et investi nombre de filières du crime organisé.

Quant à elle, Buggy braillait chroniquement chez Nicolon toutes les larmes de son corps, voguant et se noyant d'une déception amoureuse à l'autre, victime évidente d'une malédiction usant sa dernière jeunesse. Le canapé du salon s'était mué en éponge lacrymale et Nicolon l'avait couvert d'une allaise afin d'éviter une malencontreuse prolifération bactériologique qui aurait pu contaminer son cabot.

Une fin de matinée, Buggy fut envoyée par son patron à la rescousse d'une Ford en arrêt cardio-respiratoire sur le stationnement du centre commercial de Givreuil. Après en avoir constaté le décès et dressé le certificat destiné à la casse, l'amoureuse éplorée entreprit de faire une escale dans un troquet local pour rehausser son taux de caféine. Mais au moment de pousser la porte du bar-tabac, un grand type grisonnant la bouscula par mégarde en sortant. Buggy reconnut avec stupeur le compagnon canin de Nicolon, qui lui passa devant sans lever la truffe et s'en alla trotter aux basques de l'inconnu comme s'il s'agissait de son maître.

— *Eh là, mon bellâtre,* s'exclama-t-elle dans sa salopette cambouisée, *où est-ce que tu te défiles comme ça, avec le clebs de mon pote ? Tu recèles des bêtes à poils, tu fais des descentes de lit ? Tu bosses pour les pharmaceutiques, pour la science ? Ou alors, tu fais des barbecues à la mode gitane, dis donc, halte-là !*

Doppiatore s'immobilisa dans son costume et le chien, qui suivait sans laisse, l'imita. L'Italien effleura d'une main son crâne comme pour vérifier que la gomina y faisait bonne œuvre, puis sans se retourner répliqua :

— *Mama mia, d'où vous soltez donc qué les Tziganes mangent les chiens ? Allora, non mi va ! Ma chère signora, les Gitans, como vous dites, sont bien plous raffinés qué ça, à peine un hérisson parfois, et encore...*

Visiblement pas contente, Buggy vint se planter devant l'Abruzzais. Croisant les bras, elle fixa le chien, puis Doppiatore et répéta son balayage visuel. Malgré sa tirade agacée, Doppiatore dissimulait difficilement sa gêne. Il lissa les bouts de sa moustache avec fébrilité, joua avec sa mouche, puis dans un élan de bravoure, il fit mine de contourner la furieuse en bleu de travail. Mais pour parer ce mauvais calcul, la signora se contenta de brandir sa main noire en direction du veston fuyard, lequel se figea de nouveau.

— *Écoute un peu, dis, mon gaillard, je ne sais pas d'où tu sors, mais ici, on n'est pas à Palerme. Donc, tu vas gentiment me suivre avec toutou et on va filer tous les trois tirer ça au clair chez mon poto. Et si tu trouves à redire, à essayer de me*

*baliverner ou de m'endormir, ben moi, ni une ni deux,
j'appelle les gendarmes et la SPA, hein! Allez, hop
embarquement immédiat,* ajouta Buggy en désignant sa
dépanneuse, *j'ai pas que ça à faire, oust!*

Doppiatore tenta de conserver bonne figure, en dépit
des rougeurs lui rongeant la face qui contrastaient criar-
dement avec sa tignasse cendrée et son costume pastel. Il
obtempéra, les épaules basses, suivi par le clébard discipliné
et par Buggy qui fermait la marche à l'instar d'un shérif
aiguillant sa prise vers la geôle du comté. Et après avoir fait
monter les captifs dans son panier à salade improvisé, la
garagiste fit claquer la portière en s'écriant avec fierté :
« Nenni, ma foi ! »

Raccords, entente tacite

IL ÉTAIT À PEINE L'HEURE du déjeuner quand Nicolon dut
s'astreindre à recevoir la fournée visiteuse et à remplir
des verres pour calmer l'ardeur électrique qui accompagnait
les présentations sur le tard. Lorsqu'il vit Doppiatore
descendre avec son chien de la dépanneuse, il perdit
cependant une once de calme et mi-colère, mi-torpeur, il
vociféra :

— *Ah ça c'est un peu fort, par exemple ! Corrado, tu
pousses le bouchon un peu beaucoup, là ! On frise l'usurpation
d'identité ! C'est carrément du faux et usage de faux ! J'ai
l'air de quoi, moi, maintenant, hein ?*

Tout empreint de gêne, l'Abruzzais faisait à présent profil bas, il restait muet et semblait avoir subitement tout oublié de sa gouaille volubile. Machinalement, il s'attabla en terrasse, avec autant d'entrain qu'un condamné à l'aube de son exécution. Les yeux noyés dans son godet, et sans aucune superbe, il parvint avec peine à marmonner un début d'explication.

— *Yé souis navré, mon ami, yé voulais jouste un peu dé compagnie pour aller chercher des cigarettes... Yé mé disais qué le toutou aurait pou m'aider à rencontrer una signora, yé... Nous sommes touyours si seuls, mon cher, touyours si seuls, sourtout à Givleuil...*

— *Ben tiens, le tombeur de Givreuil, t'es bien tombé justement et même à pic, pile-poil,* rétorqua Buggy en lui coupant la parole et en s'imaginant lui couper d'autres attributs, *bravo le macho, hé ! Je t'ai dit, on n'est pas en Sicile ici, alors rends-toi, Comtois, et passe à table !*

Constatant à quelle vitesse la mayonnaise montait, Nicolon jugea opportun d'ajouter un peu plus d'eau que de coutume dans les absinthes. Cependant que les toutous s'étaient rejoints sous le pommier, Nicolon les désigna à Buggy et entreprit d'amorcer les laborieuses présentations en bonne et due forme, avant de tenter d'expliquer l'inexplicable à la garagiste furibonde. Et, en dépit des imbroglios, en dépit de sa disparité, quelques heures et litres plus tard, le trio passablement éméché finit par s'écouter causer volontiers, voire avec une certaine complicité naissante. Chacun y alla de son mea culpa en trinquant, avant de rouler sous la table et de finir en brochette sur le divan. L'Abruzzais fut ainsi pardonné pour son excès duplicatif

CONTES BOUGONS

inopportun, la garagiste finit par admettre du bout des lèvres sa méconnaissance des gens du voyage et sa faiblesse à caricaturer les descendants de l'Empire romain, et Nicolon avoua qu'il s'emmerdait globalement ferme et qu'il n'avait finalement nulle intention d'ouvrir une brocante. Quant à lui, le duo cabot en fut quitte pour veiller toute la nuit sur le soûlon trio. Pour pallier l'oubli de gamelles, les clebs jumeaux durent se contenter de laper les fonds de verres et se mettre sous les crocs des pommes dures comme de la roche qu'ils parvinrent à saisir sur l'arbre à grands concours de sauts, ce qui les divertit jusqu'à l'aurore.

Le lendemain, les trois gueules boisées s'éveillèrent comme elles s'étaient laissées avant de choir, c'est-à-dire copines comme cochons, et la dessoulerie semblait avoir magiquement resserré leurs liens durant le sommeil. Les bougres se trouvèrent fort aisés de partager le café et de mettre en commun leurs éventails de négativisme, de grommellements et autres plaintes. Avec lenteur, les mines fâchées et la moue haute, Nicolon, Doppiatore et Buggy débarrassèrent les cadavres qui jonchaient la terrasse. Les chiens roupillaient sur un tas de trognons, on leur servit de l'eau et des croquettes.

— *Yé né vous dis pas buongiorno, messiou dame,* soupira Doppiatore. *Ma, yé dois avouer qué votle compagnie né mé fait pas horreur dé bon matin. Pour une fois qué yé ne souis pas seul à Givleuil...*

— *Ouais, ben occupe-toi donc du qawah, Aldo Maccione, et garde donc tes complaintes vénitiennes pour plus tard, j'suis pas d'humeur au lever. J'ai reçu un SMS de Chantal avec qui je devais sortir hier soir. Je venais de la rencontrer.*

Une charmante infirmière euthanasiste hypocondriaque, elle
vient de me larguer... Inutile de dire combien c'est votre faute,
à vous deux. Ah, et la faute des chiens, pour sûr ! Bah, de toute
façon, je la soupçonnais d'être un peu barrée, alors ce café,
c'est pour aujourd'hui, signore Lavazza ?

Réprimant sans mal son envie de poursuivre son sevrage tabagique, Nicolon flanqua son paquet de gommes aux ordures et s'alluma une clope après s'être servi sans manières dans l'étui de Doppiatore.

Le café fut servi, tout le monde fuma. Une légère bruine chuintait sur Givreuil, détrempant lentement mais sûrement les récents, mais peu frais acolytes. Tous trois s'obstinaient pourtant à résister en terrasse, impassibles aux éléments, l'œil drôlement hagard et se bredouillant l'un l'autre force propos peu réjouissants. L'on eût dit qu'un méchant sort leur avait été jeté, que de vilains effluves et des cohortes d'inavouables intentions couraient leurs veines et leurs faciès zombifiés. Une atmosphère maléfique semblait s'être abattue sur la demeure de Nicolon, sur sa cour avec son pommier et les chiens, sur Givreuil et ses pittoresques alentours, sur la région entière.

Vaches maigres, esquisse de transhumance

DÉJÀ TROIS MOIS que Nicolon hébergeait Buggy et Doppiatore, et que le trio cohabitait plein temps, avec sa paire clébarde. L'été tirait sur sa fin, Givreuil se préparait à effeuiller ses bois et bosquets, à brunir ses pâturages, à

CONTES BOUGONS

accueillir la mitraille des chasseurs qui espèrent la mi-septembre pour la perdrix ou le marcassin.

Depuis la grande beuverie unificatrice, Buggy n'était pas plus retournée au garage qu'à sa recherche de femme idéale. Après trois jours d'absence et sans nouvelles de sa part, son patron lui avait signifié son licenciement par message téléphonique. Elle était passée chez elle récupérer le courrier lui ouvrant droit à un modique chômage, avait bouclé quelques fringues et bricoles dans une valise et était retournée chez Nicolon après avoir laissé les clés de sa location dans la boîte aux lettres. À Givreuil, elle s'était spontanément octroyé le canapé du salon comme couche régulière et un recoin de la bibliothèque pour empiler ses affaires.

Avant de squatter définitivement chez Nicolon, Doppiatore avait fait procéder par Buggy et sa camionnette au déménagement de quelques biens depuis la maisonnette qu'il possédait au village. Il avait rapidement mis sa demeure en vente à un prix défiant à ce point toute concurrence que la chose fut promptement expédiée. L'exportation du seul contenu de sa cave vers celle de Nicolon exigea une dizaine de voyages, et pour cause de trop-plein, on fut contraint d'exploiter une partie du garage pour stocker l'hallucinant lot de millésimes. L'absinthe fut prestement abandonnée en faveur de mille et une merveilles bourguignonnes et bordelaises, de côtes-du-rhône à se damner, de vins jaunes ahurissants et d'une kyrielle de vendanges tardives plus que parfaites. Doppiatore entassa ses menus effets dans le bureau, dont Nicolon lui accorda la jouissance en guise de cellule, et il s'enracina sur place mieux que dans du beurre.

La microcommunauté s'était formée sans se formuler telle, sans que nul de ses protagonistes ne l'ait pour ainsi dire vue venir. Buggy et Doppiatore s'étaient joints à Nicolon comme deux électrons ayant subitement retrouvé leur voie, inéluctablement aimantés vers ce pôle givreuillois et sa terrasse quatre saisons. Le noyau s'était soudé avec la paire de chiens et la mise en commun des finances, le partage des tâches ménagères ne firent pas naître le moindre débat. Chacun trouva sa place comme s'il rentrait de vacances après avoir toujours vécu là.

En ce début d'automne donc, alors que les amateurs de grenaille s'affairaient dans les vallons, entre deux salves frénétiques et dix coups de tonnerre, à provoquer le saturnisme chez les bêtes et volatiles qui leur échappaient, Nicolon et sa clique filaient un paisible quotidien. S'ils rapetissaient en durée, les jours se ressemblaient, tant dans leurs évènements cérémonieux (le café du matin, la comptabilité et les courses, la promenade des cabots, le pot de 18 h et le tomber de rideau à heure aléatoire) que par la forme des échanges dont le trio les ponctuait. Bien qu'elles ne fussent jamais explicitement institutionnalisées, la bougonnerie, la grise mine et la mauvaise humeur avaient d'emblée marqué de leur sceau l'atmosphère régissant la maisonnée.

Comme pour mieux lécher cette sombre toile de fond, chacun apportait cependant sa petite contribution caractérielle. Buggy instillait sa mauvaise foi et son sens exacerbé du déni, Nicolon pestait à tire-larigot envers et contre à peu près tout, Doppiatore se plaignait de l'humanité occidentale et de la solitude causée par son

CONTES BOUGONS

individualisme, et le doublé cabot était réfractaire à tout élan jovial, à tout amusement à part lui.

Un matin d'octobre, alors qu'il procédait à un inventaire pour estimer les réserves de flacons dont le foyer disposait à ses fins apéritives, Doppiatore sonna l'alerte, convoquant les saints des Abruzzes, des Carpates et de Goa, et en proférant quelques grossièretés à leurs égards. Buggy, qui opérait quelques sutures sous le capot de sa camionnette, traîna ses savates jusqu'au garage où jurait l'Italien, et Nicolon cessa d'enguirlander au téléphone son fournisseur d'électricité pour les rejoindre.

— *C'est quand même pas d'ma faute si vous avez une descente de gouffres, mes loulous*, râla Buggy. *Moi, j'bois juste un demi-verre de temps en temps... Et puis, vous n'avez qu'à ranger les fonds de bouteilles le soir plutôt que de les laisser aux cabots, parce que ces deux-là, ils savent bien lever le coude aussi! Je serais pas surprise qu'ils éclusent deux-trois litrons par soir, ces deux innocents...*

Encore en robe de chambre et non gominé, Doppiatore brandit un nuits-saint-georges 1987 sans ménagement sous le nez de la mécano.

— *Santa Maria mia, ma nous allons clever dé soif bientôt à cette alloure! Voilà un bel exemple dé l'égoïsme et dé l'inconscience tels qu'ils n'existent pas dans les Abruzzes ni chez les Tziganes! Ouvrez vos pitits yeux, lé garage est tutti vide... après la cave, on sera plous secs qué les pouits d'Abyssinie! Nous n'aurons plous que lé tanin pour pleurer...*

Dans un soupir caverneux et l'œil noir, Nicolon suggéra de tenir conseil sur-le-champ et de mettre à plat l'état de toutes les ressources dont la triade pouvait se targuer, puis de dresser un plan de rationnement. Comme s'ils avaient malicieusement perçu les reproches dont Buggy les avait gratifiés et ne voulaient pas jouer les boucs émissaires, les cabots avaient filé faire les morts dans un recoin du jardin. Après quelques heures passées à éplucher les factures, à budgéter et à inventorier, lumière fut faite sur la faillite promise des trois pensionnaires et toutous à brève échéance. Si le vin allait certes venir à manquer, les ragoûts et autres mets permettant d'éponger les abus chroniques de 18 h deviendraient vite bien plus frugaux, en attendant de disparaître. La saison automnale avancée présageait des frais de chauffage et d'électricité à la hausse, et les taxes sur les carburants et le tabac étaient, selon la presse, promises sous peu à une cuisante augmentation.

— *Ma qué pouvons-nous faire,* déplora Doppiatore, *nous n'allons tout dé même pas travailler, no! Yé souis à la rétraite moi, les amis. Et yé vous rappelle qué yé né pouis pas doupliquer autre chose qué les chiens. Yé né souis pas Jésous pour lé pain ni lé glouglou...*

— *On ne va pas chercher midi à quatorze heures pour pourvoir à nos dix-huit,* interrompit sèchement Nicolon. *D'après les calculs, nous avons de quoi tenir jusqu'en décembre. Mais attention, sans la promesse d'un Noël décent et bûche non comprise!* Il se leva, appuya les deux poings sur la table et jeta son regard par la fenêtre, tel un marin guettant la tourmente à venir. *Nous allons devoir prendre la route. Avant que l'année finisse, nous vendrons la maison et nous décamperons vers des contrées plus salutaires.*

D'ailleurs, n'est-ce pas en forçant le destin que fortune advient? Adieu, Givreuil, oust! Nous te laissons à tes crevaisons annuelles de petit gibier! Ton supermarché miniature, tes pauvres bars où finissent chaque soir tes pauvres coiffeurs ne reflètent pas nos aspirations ni notre art de boire.

Cependant que Nicolon achevait sa lancée discursive, Buggy ronchonna qu'elle avait grand-soif à cause du climat délétère instauré par ses deux compères, et s'en fut au garage d'où elle revint avec le nuits-saint-georges 1987. Le bouchon pouffa, le sanguinolent nectar coula, les trois verres tintèrent. Les chiens regagnèrent discrètement leur sous-pommier, le garage se délesta de plusieurs caisses tous millésimes confondus. L'assemblée célébra ainsi toute restriction.

Fin sédentaire, tout feu tout flamme

LA PREMIÈRE SEMAINE de décembre vint agrémentée d'une première neige, mais la cave, se songeant sans doute au printemps, venait d'achever sa fonte. Doppiatore était au plus bas, après avoir fomenté un vaseux projet d'escroquerie visant un chenil franc-comtois et échoué à trois reprises dans des tentatives de duplicatas canins. L'Abruzzais était convaincu d'avoir perdu son prestigieux don et se sentait plus seul que jamais sous le poids du malheur. Buggy, qui s'était octroyé quelques sorties en ville, avait essuyé trois nouveaux revers amoureux. Elle soutenait que ses échecs étaient conséquents aux rumeurs que faisait probablement circuler son ancien employeur à son encontre, ou encore que l'odeur boueuse des deux cabots imprégnait ses plus beaux habits, faisant fuir les prétendantes. De fait, le mince manteau neigeux qui s'était abattu sur Givreuil n'avait nullement l'apparence immaculée du Grand Nord. Les frêles flocons s'amoncelaient péniblement dans le jardin de Nicolon, où ils se gorgeaient aussitôt de bruine, et finissaient par donner aux alentours de la demeure l'aspect d'une pâtisserie grise et ratée dans laquelle il fallait patauger pour venir et aller. En plus de salir l'intérieur et de transformer la paire clébarde en paillassons informes et détrempés, cette cendre humide et grisâtre plombait davantage l'atmosphère de la maisonnée, d'autant qu'elle interdisait dorénavant tout attablement au grand air.

Faute de règlement, l'électricité fut coupée. L'humeur en berne, déjà frigorifiés dans leurs pulls alourdis par la glaçante moiteur qui dévorait les lieux, les trois larrons entreprirent d'improviser leur survie. Selon les plans qu'ils avaient vaguement arrêtés et compte tenu des deux toutes dernières caisses de pinard, ils devaient encore tenir sur place quelques nuitées. Nicolon avait mis la maison en vente, Buggy avait profité de la foire aux vins du supermarché local pour assurer quelques séances de 18 h sans trop d'excès, et Doppiatore avait amassé plusieurs sacs de victuailles ainsi que des cigarettes, des allumettes et des bougies.

Puisqu'il avait l'expérience de la vie en campement, l'Abruzzais fut sommé de mettre ses connaissances romanichelles à profit et fut chargé de concevoir un moyen de réchauffage. Pour ce faire, il envoya Buggy chaparder un vieux baril d'huile à moteur dans une casse. Après en avoir ôté le couvercle et l'avoir remplacé par une grille de barbecue, le baril fut peu judicieusement placé au milieu du salon. Les trois grelotants entreprirent de déchirer quelques livres culinaires de Nicolon, dont ils firent des boules et qu'ils envoyèrent au fond du tonneau pour allumage. Le combustible fut produit à partir d'une grande table basse, d'un buffet et d'un pan de la bibliothèque — meuble que la paire de cabots avait commencé de ronger pour signifier son mécontentement depuis qu'elle n'avait plus accès au pommier. Buggy siphonna un petit litre de sans-plomb depuis le réservoir de sa camionnette et à l'heure fatidique, on se regroupa dans le salon, à la lueur de candélabres. Blotti et frissonnant sur le canapé, le trio se mit d'accord pour commencer de se réchauffer en éclusant quatre gigondas et pour réserver le chauffage rom aux heures plus tardives, donc plus mordantes de la soirée.

Après deux tournées, Nicolon se leva et, emmitouflé dans une couverture comme dans une toge impériale romaine, il gratifia les autres d'un discours solennel aux accents avinés. La lueur des chandelles donnait à la scène une tonalité théâtrale, et le nuage qui s'échappa de sa bouche lorsque l'orateur se mit en besogne fut à ce point épais que le salon bascula dans le fantastique.

— *Compagnons d'infortune,* fulmina Nicolon, *nous savons la gravité de l'heure et nous avons désormais trop vécu pour envisager un retour sur nos pas. Les malheurs ne nous ont pas épargnés, les malédictions dont nous sommes tous trois victimes depuis nos naissances ne laissent plus place au doute. J'ai pour ma part été fiscalement maudit assez tôt dans l'existence, puis contraint à l'exil givreuillois qui fait ce jourd'hui notre épave commune. Ici même, l'idée salvatrice*

d'une entreprise brocanteuse m'a par la suite plongé dans
nombre de tourments, m'a promis à l'isolement le plus aride,
m'a forcé à quêter la compagnie canine plutôt que celle de
mes concitoyens. Je comprends ce soir que la tuerie dans l'œuf
de mes projets antiquaires illustre le désenchantement injuste
qui me pourchasse depuis l'enfance...

Dans la pénombre, Buggy frétillait de la tête et on
ignore s'il fallait attribuer ses petits mouvements saccadés
à la froidure ambiante ou s'ils trahissaient l'acquiescement.
Sans interrompre ses hochements, elle trouva moyen de
baragouiner que les déconvenues de Nicolon étaient bien
moindres que les siennes, qu'il exagérait son mauvais sort
et que son défaut de relations amoureuses lui épargnait le
désagrément d'être plaqué. Quant à l'Abruzzais, dont les
genoux s'entrechoquaient, il buvait les mots de Nicolon en
même temps que son ballon de rouge, pratiquement cul
sec. En guise d'écharpe, il s'était noué une chemise autour
du cou pour combattre le froid et il avait coiffé son chapeau
à larges bords. Depuis plusieurs jours, sa barbe grise tendait
à faire disparaître ses fines moustaches dont on ne
distinguait plus que les piques, et sa mouche s'était envolée.
Ainsi accoutré dans l'ondulation des bougies, Doppiatore
semblait avoir rejoint son passé bohème au coin d'un feu.

Les toutous formaient une boule à l'écart, agglomérat
de boue sèche, de poils hirsutes et de puces frigorifiées.
Depuis qu'on leur avait coupé les croquettes, ils boudaient
davantage leurs maîtres, également empreints de mauvaise
humeur, et n'hésitaient pas à dévoiler les canines en
grognant pour signifier leur désapprobation. Pour améliorer les chiches rations de riz dont on la nourrissait, la
paire clébarde saignait par-ci, par-là quelques mulots, un

lièvre ou un renardeau égaré. Ils partaient la nuit tombée par une trappe du garage et menaient leurs expéditions nourricières à la façon de troupes d'élite larguées derrière des lignes ennemies. Reliant avec leurs lointaines origines lupines, les cabots avaient fignolé un art tout à eux du déplacement furtif et du meurtre en sourdine. L'un de leurs déplacements tactiques leur permit ainsi de décimer un poulailler en une dizaine de secondes et, avant que le coq chantât, ils étaient déjà loin de l'enclos, les oreilles aux vents glacials, trois poulardes dans la gueule chaque. En bref, les deux chiens s'étaient rompus à l'autarcie alimentaire, et par leurs frappes chirurgicales illustraient l'adage « pas vu, pas pris ».

Le temps d'une pause, tandis que Nicolon s'hydratait la glotte, neuf coups de cloche percèrent les fenêtres givrées du salon. Les bougeoirs entraient dans une lente agonie, projetant sur l'assemblée hypothermique de longues volutes orangées cependant point calorifiques. Donnant de la voix par-dessus les claquements de dents, Nicolon reprit son lancinant discours.

— *Compagnons, l'heure est pour nous venue de nous départir des ingrats boulets dont la fatalité malintentionnée a entravé nos chevilles. Laissons ici les fardeaux qui voûtent et blessent nos épaules, faisons de notre mauvais gré un usage bénéfique, de nos turpitudes et désagréments un vif moteur! Dame Nature a jeté sur nous un opprobre teinté de pessimisme, de désillusion et d'aigreur? Rendons-lui dès demain la monnaie de sa pièce en devenant ses vecteurs, ses ambassadeurs! De victimes, devenons transmetteurs!*

— *Ben là, je porte pas tout le malheur du monde moi,* lâcha Buggy. *J'suis pas désespérée comme vous deux, j'ai une vie, moi !*

Doppiatore ricana bruyamment en se tournant dans l'ombre vers la mécano.

— *Ma oui, signora tombeuse dé ces dames, ma bien sour... tou es l'incarnation dé la joie do vivre, avec toi, c'est la bella vita tous les yours ! C'est pour ça qué tou es ici avec nous, à té morfondre sour cé canapé froid comme une tombe, héhé !*

L'Italien repartit à rire sarcastiquement au nez de Buggy, mais un double hurlement vint déchirer la pénombre. Depuis son recoin improvisé en tanière, la boule de poils s'était scindée et les cabots glapissaient à la mort, dans un gros nuage vaporeux embaumant le chien mouillé. Le souffle porté du vacarme eut pour effet de moucher d'un coup ce qui subsistait des chandelles et l'assemblée fut plongée dans d'épaisses ténèbres, comme pour en approfondir la remarquable et sempiternelle détresse. Un verre se brisa, le visage de Doppiatore apparut à trois reprises frayant dans le noir en craquements d'allumettes. On eut dit que son crâne et ses yeux exorbités s'étaient détachés de son corps et qu'ils voyageaient à hauteur d'homme dans la pièce. Le chapeau de l'Abruzzais clignotait telle une funeste soucoupe volante qui n'annonce rien de bon. Nicolon et Buggy sentirent un fort parfum d'essence et, dans un ultime éclair endiablé, Doppiatore rugit que la froidure avait suffisamment duré. Le baril s'embrasa dans un boum assourdissant, projetant instantanément à travers le salon une grasse fumée noire et des myriades de microprojectiles incandescents.

— *Et facta est lux!* vrombit l'Abruzzais, dont la silhouette encapée étendait les bras face au furibond foyer. *C'est mieux que le monte Vesuvio, mes amis, Pompéi nous voilà, haha!*

En trente secondes, les flammes s'échappant du brasier mirent à jour et dévorèrent une des poutres du plafond. En moins de deux, la bibliothèque, le linge de Buggy et les premières marches de l'escalier s'embrasèrent. Au bout d'une minute, les trois bougres avaient déguerpi de la fournaise, en arrachant çà et là quelques objets personnels et fuyant à l'air froid l'irrespirable suie qui emplissait la baraque. Sur la terrasse où les chiens attendaient depuis l'allumage du baril, Nicolon, Buggy et Doppiatore se refilèrent à la va-vite la demi-bouteille de rouge sauvée dans leur fuite. Contemplant l'incendie qui transperçait déjà la toiture et en faisait éclater les tuiles comme du popcorn, ils burent en silence, à même le goulot, et se réchauffèrent la paume des mains vers les murs rougis de la demeure. Lorsque la bombonne de gaz de la cuisinière décolla dans une stridente explosion vers les étoiles en trouant la charpente, le trio s'engouffra dans la camionnette et la paire canine dans son coffre. Buggy démarra en trombe, et ils n'eurent pas le loisir de voir retomber les restes de la bombonne ni de contempler l'écroulement de feue leur demeure. Le contrat d'assurance était résilié depuis belle lurette pour impayés.

— *Alea jacta est*, s'émut sobrement Doppiatore.

Mais il fut seul à comprendre son latin, seul à s'émouvoir et à causer. La camionnette quitta Givreuil, où déjà les sirènes de pompiers réveillaient la populace, et disparut en suivant une petite route dans l'obscurité.

Désherbant, vers l'herbe plus verte

APRÈS ÊTRE PASSÉS en Suisse et y avoir amputé ses reliquats pécuniaires, le trio mit cap vers le sud, procédant à des haltes régulières pour son duo clébard. En contournant le Léman par Lausanne, ils avaient fait quelques provisions rudimentaires et s'étaient enquis de la flambée givreuilloise via un entrefilet dans la presse régionale. Le fait divers ne semblait pas avoir occasionné de dommages collatéraux et puisqu'il n'y avait pas de victimes à déplorer, les autorités ne paraissaient pas accorder grande attention à l'incendie. Peut-être la société d'assurance — dont Nicolon avait omis de payer les traites — ouvrirait-elle une enquête. Buggy trouva moyen de reprocher ce défaut de paiement à son auteur et déclara qu'avec les remboursements de l'assurance, tous trois auraient pu filer un bon train de vie, plutôt que d'en être réduits à parcourir la Suisse sans gros sous. Finalement, la camionnette prit la direction de la patrie du signore Doppiatore, avec la ville d'Aoste en première ligne de mire.

Au cours de leur fuite, les trois larrons en foire s'étaient assigné des rôles afin de simplifier le consensus dans les prises de décisions. Nicolon veillerait à la doctrine du groupe. Buggy serait le bras armé en charge des opérations coup de poing en assurant l'intendance et la logistique. Doppiatore occuperait quant à lui les postes d'éclaireur

CONTES BOUGONS

et d'agent de liaison avec les populations locales. Naturellement, les chiens ne rempliraient que des fonctions de représentation, de dissuasion et de distraction. Comme l'Italie approchait et que la camionnette avalait les kilomètres, le trio devenait une sorte d'entité pour ne pas dire de corps, avec sa tête, ses membres et bientôt même ses habits. En pensées et sans concertation, les trois bougres esquissaient chacun à leur manière le renouveau de leurs grises existences. Au fil des paysages, des moues neuves déformaient leurs faces, leurs pupilles devenaient nouvellement mornes, leur lassitude et leur désenchantement se revigoraient à vue d'œil. Une magie s'opérait en cours de route et même les clébards ne boudaient plus de la même façon.

Après avoir passé la frontière mieux qu'une lettre à la poste, les odysséens firent escale peu après Aoste, dans une petite bourgade où se tenait un marché. Ils s'accordèrent deux chambres dans une auberge familiale, Nicolon partit promener les bêtes sur les berges d'un cours d'eau tandis que Doppiatore et Buggy firent ravitaillement de cochonnailles truffées, de fromages et de plusieurs caisses d'Enfer d'Arvier, charmant rouge des bords de la Doire baltée. Le soir venu, après avoir pris repos, le petit monde s'en vint festoyer dans la piaule de Nicolon où, après un rapide point sur les finances, ils tinrent conseil quant à la suite de la route et des opérations. Ouvrant la séance cependant que Doppiatore remplissait les verres et que Buggy accordait aux clebs quelques cubes de *toma di Greyssoney*, Nicolon revint sur son idée de vectoriser la mauvaise humeur, qui émanait du trio mieux que les fragrances nauséabondes d'une paire de baskets après le sport.

— *Sans partage, notre art de ronchonner, notre pessimisme et autre mauvaise foi ne servent aucune cause et vont tout bonnement disparaître*, marmonna-t-il d'une voix blanche. *Si nous n'agissons, un matin, nous nous réveillerons souriants et pleins d'entrain, mes amis! En vérité, pour éviter que le pire du pire ne se produise et nous apporte le meilleur, nous devons cultiver ce pire qui nous anime et nous submerge, le propager, l'insuffler. Devenons dès demain les chantres du pire, faisons-nous colporteurs de sombres prédictions, volatiles annonçant les grisailles à venir, oracles des lassitudes... Qu'après notre venue, il ne soit nulle part plus question du calme succédant aux orages — après nous et la tempête, seules les ténèbres!*

Se taisant, mais subitement allumé, Doppiatore semblait transporté comme s'il fut en proie à des visions extraordinaires. Ses yeux roulaient, ses pointes de moustache vibraient comme déboussolées, et il demeura un long instant la bouche béante sans y avoir porté le verre qui, avec sa main, lévitait dans les airs. Au fond des pupilles rougissantes de l'Abruzzais, Rome, Byzance et Babel paraissaient s'étreindre dans un flamboyant désastre, et ses lèvres sujettes à d'infimes soubresauts semblaient relater en accéléré le déclin des empires passés. Habité par quelque démon invisible, il ressassait entre peste, paludisme et choléra, la fresque historique singulière des grands malheurs ayant frappé l'humanité depuis ses premières heures. Les massacres de Gengis Khan, les délires sordides de l'Imperator Nero Claudius Caesar Augustus Germanicus, et les persécutions du Duce, de Bonaparte et d'Alexandre semblaient rivaliser pour courir ses sangs. Puis, Doppiatore lâcha son verre, émit un cri inquisiteur, puis s'effondra en frissonnant dans son fauteuil. Songeant

CONTES BOUGONS

d'abord que leur collègue d'infortune exprimait son enthousiasme avec une romance adriatico-méditerranéenne, Nicolon et Buggy déchantèrent en découvrant que le pauvre Abruzzais était simplement victime d'un accès de fièvre. La grippe aostienne l'avait frappé, sans doute, au marché. Ils le portèrent dans son lit, interrompant les plans du soir qu'ils remirent à la prochaine étape routière. Chacun gagna donc son repos, accompagné dans son somme des visions délirantes précitées, lesquelles ne manquèrent point de plomber toute rêverie bucolique éventuelle. Seule la paire de chiens veilla l'Italien, lui léchant chroniquement les orteils pour faire tomber sa température. Tout ce petit monde plus ou moins requinqué rembarqua dans la camionnette en fin de matinée suivante, non sans avoir gratifié l'aubergiste de prévisions touristiques en berne et promis une inflation galopante avant les derniers jours de l'hiver.

Conductrice vaillante ne ménageant pas l'accélérateur, mais filant doux à l'approche des patrouilles de polizia — dont une lui fit roussir le châssis en la dépassant à bord d'une Lamborghini Huracan —, Buggy contourna Milan, effleura à peine Parme, et gara en fin de journée son véhicule fumant sur le littoral Adriatique, en la ville de Rimini. Durant les haltes, Doppiatore avait soigné son mal au moyen de grappa qu'il se faisait servir chaude et poivrée. Remonté par le remède, l'Abruzzais avait recouvré la santé lorsqu'il aperçut la mer de ses jeunes années et versa une larme. Sans tarder, il convia les deux autres à s'attabler sous une pergola pour se faire servir quelque remontant moins lacrymal et contempler l'horizon.

86 STEPHANE ILINSKI

— *Régaldez, régaldez donc,* dit-il en caressant l'étendue maritime de sa main tendue, *c'est là qué finissent tous les rêves! Tout droit, tou crois réyoindre les Indes, ma tou coule à pic! Ahah, ça peut palaître beau, ma c'est un tombeau, un tombeau pou les rêves, pou la jeunesse et la liberté, cette mare, puttana! La Insulo de la Rozoj en sait quelqué chose, hé... On né m'y plendra plous!*

La terrasse du restaurant-bar comptait une flopée de joueurs de cartes bedonnants, deux ou trois couples d'âge mûr venus assister au couchant et quelques solitaires accrochés à leur ballon ou à leur bière, qui n'assistent à rien du tout et comme on en croise dans tous les rades de la planète. L'air était doux et salin, décembre imperceptible. Buggy remarqua la serveuse aux yeux noirs et aux formes violoneuses, dont le sourire aurait presque provoqué le sien. Oubliant ses acolytes, elle prétexta sans mentir une envie pressante et s'en fut à l'intérieur, où elle se posta au bar pour tenter d'échanger avec la belle. Le nez soupirant vers l'Adriatique, Nicolon écouta encore Doppiatore déblatérer sur tout ce qu'elle avait englouti et les naufrages de toutes espèces dont elle était la cause. Puis, il missionna l'Abruzzais pour leur trouver un logis abordable et, constatant que Buggy était à ses affaires du côté bar, il résolut de gratifier les cabots jumeaux d'une trotte sur la jetée.

Au bout d'une heure, Doppiatore revint au bar, les bras chargés de trois sacs et armés de bâtons noueux. Il trouva Buggy seule dans un coin de la terrasse, occupée à remplir un verre de sa peine. L'approche de la mécano n'avait pas porté fruit et la jolie serveuse avait mis les voiles. Un gros moustachu pas l'air aimable vint prendre la commande de l'Abruzzais, lui annonçant qu'il s'agissait du dernier service parce que, dans son établissement, les ivrognes avaient coutume de regagner leurs pénates à des heures décentes et que ça lui évitait bien des déboires avec les moitiés de ceux-ci. Prévoyant, Doppiatore demanda trois bouteilles de sangiovese di Romagna, ainsi que du grana panado, de la mortadelle et un pan speziale. Mais Buggy déclara qu'elle ne boirait plus une goutte d'alcool, qu'elle n'avait aucun appétit et que c'était probablement parce que la serveuse avait aperçu la consommation excessive et l'allure patibulaire de l'Abruzzais qu'elle n'avait point cédé à ses avances. Impassible, Doppiatore récupéra les clés de l'auto, dans laquelle il s'en fut ranger ses sacs et ses perches énigmatiques.

Lorsque Nicolon reparut en tête des deux cerbères, Doppiatore et Buggy arboraient à leur table des mines d'enterrement et regardaient chacun dans des directions opposées dans un silence tombal. Les deux s'étaient tout de même tacitement entendus pour descendre une bouteille et demie de sangiovese et liquider les trois quarts du petit festin, ce qui ne manqua pas de froisser Nicolon.

— *Bon, et maintenant, qu'est-ce qu'on va bien branler, hein, les morfales ? On fait quoi, on va où ? J'avais une brocante sur le feu, moi...*

Doppiatore leva les sourcils et empruntant une once de mauvaise foi à sa voisine larmoyante, répondit plein d'innocence :

— *Ma, yé mé souviens, comme on dit en Romagnol, héhé, yé nous ai déniché una perla da camera chez le signore*

Fellini! Nous allons dormir cé soir à l'hôtel Amarcord! Yé soudoyé la réceptionniste pour une dizaine d'euros, pourvou que nous soyons discrets, on peut amener les toutous, héhé...

— *Splendide, Corrado,* claqua Nicolon impatient, *une piaule, c'est bien. Mais après? Demain et après? On squatte à Rimini, et vogue la galère, on attend que les touristes reviennent encombrer les plages? On leur vendra des gelati pour survivre? Remarquez, ça nous laisse le temps d'apprendre l'italien et de crever de faim, sinon de soif...*

— *Bah moi, j'veux bien les attendre les touristas,* risqua Buggy en séchant ses joues rougies, *elles seront pas de trop, si l'autre ne les fait pas fuir! J'en prendrais bien une tranche moi, de dolce vita, je la mérite bien — Voglio una donna! Et puis la camionnette, j'vais quand même pas la conduire jusqu'à Katmandou, elle est plus dans sa prime jeunesse contrairement à moi! Vous êtes drôles tous les deux, hein. Tiens, ça me flanque le bourdon, vos plans foireux. Et les clébards, y'en a marre!*

Le gros tenancier moustachu arriva vérifier que le grabuge ne prenne trop d'ampleur et échangea quelques mots avec Doppiatore, en moulinant des mains. Finalement, dans un langage fort international dont l'argument majeur consiste à glisser quelques billets roulés dans la patte à graisser, l'Abruzzais obtint gain de cause. Le moustachu revint d'ailleurs avec deux bouteilles supplémentaires et avait effacé toute fâcherie de son minois grassouillet. Des prolongations s'annonçaient, le *sangiovese* venait succéder au *sangiovese*, l'hôtel fellinien pouvait attendre. Prenant par l'épaule Buggy et Nicolon, qui étaient

CONTES BOUGONS

rentrés en discorde et se maugréaient l'un l'autre des galanteries décalées, Doppiatore fit part de ses ambitions.

Depuis la mise en route de son chauffage incendiaire et la perte de sa faculté à dédoubler les toutous, dans ses excès de noirceur, l'Abruzzais avait à plusieurs reprises évoqué ses montagnes et Opi, son bled natal. Mais jamais encore, ou était-ce une conséquence des amnésies éthyliques qui succédaient aux coups de 18 h, jamais encore il n'avait explicitement proposé d'aller arpenter ses Abruzzes. Nicolon et Buggy, dont les notions géographiques italiennes étaient sommaires, s'étaient laissés portés par la route frisant le littoral, sans réaliser qu'ils approchaient des lieux qui avaient vu naître et grandir leur confrère d'infortune. Ils furent donc surpris et piqués d'intérêt par la manigance que celui-ci avait élaborée et à laquelle il proposait de les associer.

Après avoir quitté la fromagerie familiale d'Opi pour étudier en ville, puis claqué la porte au nez parental pour virevolter vers les Indes plutôt que d'envisager une reprise du bercail aux côtés de son aîné, le jeune Corrado s'était vu blâmé, puis déshérité par contumace. Les vivres lui ayant été coupés, l'exploitation, la demeure et les biens familiaux avaient été transmis à son frère, avant même le décès des parents. Tandis qu'il sillonnait les anciennes contrées soviétiques d'Europe de l'Est sans le sou, son propriétaire terrien de frangin se l'était coulée douce. Après avoir enterré le pater familias à l'ombre du clocher du village, Doppiatore aîné avait envoyé sa veuve-mère finir au couvent Della Maddalena, à une quarantaine de kilomètres d'Opi. Cependant que Corrado refourguait frigos et téléviseurs avec ses Tziganes carpatiques, l'autre Doppiatore avait vendu la fromagerie, coquettement fait rénover l'ancienne ferme parentale, et avait épousé une mignonne Aquilaine, laquelle n'était sans doute pas insensible à la piscine ni à la Maserati de son prétendant. Depuis, le couple paressait sur place sans rejetons, dilapidant avec parcimonie, mais non sans aisance cinq ou six décennies de labeur des parents Doppiatore.

Comme il contait les frasques peu glorieuses de son aîné et ponctuait généreusement celles-ci de jurons imagés, l'Abruzzais avait passé par plusieurs états des plus expressifs. Nicolon et Buggy opinèrent silencieusement quant à leur crainte de voir Doppiatore junior céder par trop aux émotions négatives et sombrer sans finir son histoire. Le tenancier fut donc de nouveau sonné malgré l'heure tardive et on le somma d'apporter au réciteur fébrile quelques rations préventives de grappa chaude. Trois autres billets roulés en sus de l'addition parvinrent à amadouer le moustachu, et après une pause cigarette agrémentée d'une séance de gargarismes à la grappa, l'Abruzzais put reprendre le fil de sa manigance.

Si augur augurem... in vino veritas

LA NUITÉE AU *Grand Hotel di Rimini* fut brève. Bien que l'établissement n'eût rien à envier à son alter ego plus authentiquement fellinien *il Paradiso sul mare*, le *Grand Hotel* n'avait en fait d'autre lien avec le metteur en scène que le nom du parc l'entourant. Les trois bougons furent pourtant persuadés d'avoir frayé avec l'histoire du cinéma mondial. Buggy assura avoir aperçu en pleine nuit un paquebot enguirlandé de mille feux passer au large, et Doppiatore renchérit qu'il avait entendu l'Internationale jouée par un quatuor à cordes vers les cinq heures du matin. Pour sa part, Nicolon haussa les épaules, maugréa en avalant coup sur coup deux espressos qu'ils se faisaient donc bien des films.

L'équipage et son lupin binôme reprit son périple en direction des Abruzzes où le petit village d'Opi et ses neiges de Noël attendaient sans le savoir l'exécution du peu réjouissant programme imaginé par Corrado Doppiatore le revenant. À Pescara, la camionnette quitta le littoral et ses douceurs adriatiques pour rejoindre Chieti, avant de s'enfoncer en montant dans l'intérieur des terres. Là, le temps d'une pause déjeuner, Doppiatore joua mollement les guides et traîna sans entrain ses larrons aux abords de l'université qu'il avait jadis fréquentée. Ils se restaurèrent chichement dans un *fastfood* blindé de jeunes gens, duquel ils eurent le plus grand mal à extraire Buggy qui reluquait une paire estudiantine tout à son goût.

En ce 23 décembre, comme 17 h approchaient, les phares de la camionnette rencontrèrent une première bourrasque de flocons, puis deux, puis dix. Il s'était mis à neiger en 15 minutes bien davantage qu'à Givreuil en une saison et les passagers décidèrent de s'arrêter à Popoli, hameau qu'ils atteignirent en zigzagant et sans dépasser les 20 km/h, au grand dam de la pilote. Doppiatore négocia une chambre d'hôtes pour trois, Buggy marchanda auprès du garagiste local deux paires de chaînes pour l'auto, Nicolon promena encore la paire cabote dans la tempête.

À 18 h, l'ordinaire revint au galop, rassemblant son troupeau mieux qu'un pasteur.

Au son crépitant d'un feu de cheminée et tranquillisé par la carte des vins du gîte où il faisait étape, le trio ouvrit son conseil quotidien. Dans un même temps, l'hôtesse des lieux ouvrit trois flacons d'un gouleyant breuvage au contenu rouge cerise. La gorge nouée et sans un coup d'œil à l'étiquette, Doppiatore reconnut un *cerasuolo d'Abruzzo*, pour lequel, en certains temps d'exil, il aurait vendu son âme avec sa chemise. Regardant le déluge par la fenêtre, Nicolon déclara que la neige n'était franchement pas son truc. Buggy trouva d'emblée l'hôtesse un tantinet disgracieuse et hors d'attrait pour elle. Tout en prétendant le contraire, elle entreprit de noyer prestement sa déception dans la boisson. Quant à Doppiatore, il se contenta de fumer et d'amener doucement la suite du voyage, entre deux lapées.

Avant de concéder à l'ivresse, Nicolon et Buggy parvinrent à cerner les grandes lignes de ce que l'Abruzzais prévoyait en guise de réveillon. En plus des relents de feu de bois et de polenta bouillante à la crème que l'hôtesse concoctait en cuisine, un parfum de vengeance embrumait la salle à manger.

— Par Dante, mama mia, yé vous assoure qu'ils sont bien trop joyeux, là-haut, à Opi! Lé bonheur ne doure jamais trop longtemps, dans les Abruzzes, hé! Lé pétit Jésous, croyez-moi, il n'en a rien à foutre, des piscines, des Maserati, dé l'approbation et du silenzio de tous ces braves paysans qui regardent ailleurs devant les parricides, les matricides et les fratricides, ahah! Ils vont l'avoir, leur messe dé minouit,

parole! Et lé frangin salaud, et sa salope d'épouse, ils vont pas l'oublier non plous! Qui aimé bien châtie bien...

Avec de nouvelles bouteilles, le plat de polenta fut servi sous son lot de crème et de fromage dégoulinant. L'hôtesse remit des bûches dans le foyer et tandis qu'elle tournait le dos à la tablée, Doppiatore bondit vers la porte d'entrée pareil à ces diables à ressort qui s'échappent de leurs boîtes pour effarer les enfants. La porte claqua derrière lui, laissant entrer un tourbillon de neige ébouriffant les cabots qui campaient sur le paillasson. Et avant que Nicolon et Buggy aient eu le temps de reposer leurs godets, l'Abruzzais était de retour dans le cadre de porte. Tel un pantin sordide, il était enveloppé dans une cape grise qui claquait au courant d'air, était coiffé d'un chapeau grotesquement large à bords tombants, et s'appuyait sur une sorte de bâton de berger finissant par une crosse courbe. Avec le froid pénétrant et les reflux neigeux, la vision semblait issue d'un conte pour la marmaille peu encline à ranger sa chambre, à obéir ou faire dodo, dans le plus haut style croque-mitaine. D'effroi, l'hôtesse laissa rouler une bûche en lâchant un cri, avant de s'enfuir côté cuisine où elle s'enferma à double tour.

— *Amis, voici vos frousques pour foutle la trouille à la messe domani*, clama l'Abruzzais en jetant au milieu de la salle à manger deux gros sacs. *Moi, yé mé souis confectionné un lituus, ma vos houlettes sont dans l'auto, avec les fous de Bengale*, reprit-il avant d'éclater d'un rire démoniaque. Puis, refermant la porte dans son dos, il se décoiffa, et s'en fut cogner à la cuisine pour rassurer la tenancière.

Des ténèbres à la lumière... aux ténèbres

À 23 H, LES CLOCHES de Santa Maria Assunta sonnèrent et leurs échos s'envolèrent percuter les parois sévères des monts Amaro, Irto et Marsicano. Le ciel était dégagé, l'air glacial et les retardataires pressaient le pas sous les éclats rouges, bleus et verts des guirlandes enjambant la rue principale. Aux fenêtres, quelques sapins clignotaient, des cheminées fumaient vers les cieux, laissant aussi monter des fragments de chants de Noël. De rares assemblées mécréantes avaient déjà entamé leurs repas, d'autres avaient choisi d'aller dormir ou regardaient la télé.

L'église était chauffée et on avait depuis belle lurette pourvu ses voûtes et ses pilastres d'ampoules DEL. À la seconde rangée face à l'autel, dans la nef encombrée de fidèles, Doppiatore frère et son épouse jouaient des coudes avec une ribambelle de notables. Tous étaient endimanchés à quatre épingles, tous songeaient aux festivités qui succéderaient à l'office bien plus qu'à la nativité dont il était question. Certains avaient conjuré la lenteur tardive de l'évènement en s'octroyant une collation préventive plus ou moins arrosée. Au fond de la nef, deux enfants de chœur fermèrent les lourdes portes de l'édifice, l'orgue retentit depuis les enceintes fixées aux colonnes et le cureton s'avança devant l'autel dans ses plus scintillants atouts.

Buggy avait gravi les serpentins jusqu'au village médiéval avec la plus grande prudence, avant de garer sa camionnette sur le parking de la Poste dépourvu de lampadaires. Dans l'habitacle surchauffé où se mêlaient haleines canines, chargées d'alcool et de tabac, les trois bougres étaient vêtus de leurs capes. Avant de sortir au grand froid et de se cacher sous leurs couvre-chefs champignonnesques, ils sifflèrent une dernière bouteille à la régalade. Puis, ils firent sauter la paire de chiens hors du coffre, se saisirent de leurs houlettes et cheminèrent vers l'église en prenant soin de raser les murs. Doppiatore, que les toutous encadraient, marchait en tête de cortège. Il tenait en bandoulière une besace et brandissait chaque pas son lituus comme pour ouvrir la mer Rouge ou une procession mortuaire.

Ils atteignirent l'édifice qu'ils contournèrent jusqu'à la sacristie, que Doppiatore avait fréquentée dans ses plus jeunes années en préparant les messes dominicales. Là, entre deux changements de soutanes des prêcheurs, il avait grignoté en douce bien des hosties et usurpé des hectolitres de sang au saint Sauveur. À l'entrée de la sacristie, le disjoncteur de l'église et son tableau de fusibles attendaient que Doppiatore passe à l'action. Dedans, la messe battait son plein et l'assistance plus ou moins fervente entonnait des cantiques. Le curé profitait de son heure de gloire annuelle, saisissant chaque infime occasion pour faire durer davantage son état de grâce et retarder la fermeture de son rade.

Comme les trois bougres en étaient convenus, Nicolon se posta sur le perron de l'église avec Buggy en renfort et les cabots. Dans sa sacristie, après s'être goulûment désaltéré en asséchant un flacon sanctifié, Doppiatore sortit de sa besace un gros cylindre cartonné pourvu d'une mèche et un briquet. Les chants provenant de la nef annonçaient que la messe des bergers venait de débuter. Passant la tête au-dehors, l'Abruzzais siffla à l'intention de ses complices qui le sifflèrent en retour, puis il ouvrit le coffret du disjoncteur dont il abaissa le levier principal. Dans l'obscurité immédiate qui s'ensuivit, un profond silence figea Santa Maria durant une ou deux secondes, puis une clameur de surprise éclata en son saint ventre. Avec le geste expert du fumeur averti, Doppiatore alluma la mèche de son cylindre et avança dans un crépitement d'étincelles vers l'ouverture menant à l'autel.

Lorsque la silhouette encapée de l'Abruzzais parut dans son halo de flammèches et de fumée, certains fidèles — dont Doppiatore frère — songèrent à une mise en scène biblique, à quelque intermède son et lumière pour animer le service. Mais figé sous la lampe de sanctuaire, Doppiatore frappa trois fois le sol avec son lituus comme on force l'attention spectatrice au théâtre, et les portes d'entrée de l'édifice s'ouvrirent, dessinant quatre autres silhouettes peu rassurantes. Les porte-cierges disséminés dans l'église, seuls gardiens subsistant pour prévenir les ténèbres totales, vacillèrent. Avant que l'étonnement général ne se dissipe, quelques cris de frayeur fusèrent parmi les bancs et contaminèrent l'assistance.

Quelques secondes s'étaient à peine écoulées depuis son entrée en scène lorsqu'une détonation retentit, plutôt que le jet de Bengale espéré par Doppiatore. En un éclair, une sphère bleue incandescente explosa dans les cieux de la nef, libérant une nuée de confettis multicolores. Le prêtre, qui jusqu'alors était demeuré pantois à son pupitre et qui était de constitution jeune et vigoureuse, fondit sur Doppiatore. Son plaquage fut aussi efficace que ceux qu'il avait coutume de pratiquer contre ses adversaires et qui avaient contribué à sa réputation de troisième ligne centre dans le club de rugby amateur d'Opi. « La Tonaca di Piombo », comme on surnommait l'abbé, n'eut aucun mal à proprement aplatir Doppiatore sous son chapeau et à le délester de son explosive besace. Sous le choc et la neige tombante des confettis, les vertèbres cervicales de l'Abruzzais cédèrent instantanément. Un bref craquement mit fin à ses desseins discursifs et en une fraction de seconde, Doppiatore cadet expira définitivement le texte qu'il comptait servir à son aîné devant l'assemblée.

Aux portes de l'église, les lignes arrière du malheureux commando eurent plus de chance. L'explosion du feu d'artifice eut pour effet de réduire le duo cerbère à sa plus simple expression caniche et de le terroriser au point de le lancer dans une vive cavalcade dans le sens contraire où on l'attendait. En maître canin dévoué, Nicolon se lança dans un même élan à ses trousses, et Buggy, qui était vaillamment parvenue à dissuader les premiers volontaires à la fuite, finit par abandonner sa houlette et son chapeau sous la pression des mouvements de foule. Les jumeaux clébards et les deux survivants suivant dans leurs capes parvinrent à regagner la camionnette. Cependant que Santa Maria s'éclairait de nouveau et que son parvis fourmillait d'une populace mi-colère mi-traumatisée, le véhicule démarra au quart de tour et s'en fut dévaler dans la nuit, laissant Opi en plein réveil à l'heure de la nativité.

Dolci, amaretto

LES MOTIFS DE Corrado Doppiatore, dont l'action terroriste présupposée en l'église de Santa Maria fut avortée grâce à l'intervention du prêtre officiant, relèvent du différend familial. Les analyses et prélèvements effectués sur sa dépouille ont montré un taux élevé d'intoxication éthylique. Parmi le peu d'effets personnels retrouvés sur le défunt, un petit carnet comportait des croquis de réaménagement de la ferme appartenant à son frère, ainsi que des annotations et dessins fantaisistes faisant référence à un « sort de duplication canine ». L'unique parent survivant du défunt ayant refusé la récupération du corps, Corrado Doppiatore a été inhumé sous X, dans un cimetière des Abruzzes disposant d'emplacements vacants. Plusieurs années après l'incident d'Opi, un couple de voyageurs romains assura avoir racheté à des Tziganes le lituus ayant appartenu à l'illuminé. L'objet fut mis sous scellé et classé dans les archives de la Justice.

Les informations concernant les deux complices français de Doppiatore restent à ce jour confuses et multiples. Certains témoignages soutiennent que la surnommée Buggy aurait pris le voile, après s'être entichée d'une bonne sœur ou de la Vierge Marie elle-même, et qu'elle filerait une cavale cloîtrée entre les murs d'un couvent des Pouilles.

Quant au troisième larron, il fut aperçu à plusieurs reprises en compagnie de deux chiens en Sicile, en Lombardie puis en Croatie, où sa trace se perd. Des rumeurs circulant dans la commune de Givreuil, en France, le prétendent parti pour les Indes. Selon les mêmes ragots, Nicolon serait installé à Varanasi sur les bords du Gange, où il ferait commerce de bois destiné aux bûchers funéraires. Le bougre louerait aussi ses chiens aux prêtres sādhus et autres gourous en quête du Miraculeux.

Brillante randonnée

Deux mordues, quatre charlots

BIEN DES NEIGES étaient tombées depuis que John Griffith, dit Jack London, et Charles Spencer, dit Charlie Chaplin, reposaient six pieds sous terre, en des latitudes plus clémentes. À quelques années d'intervalle, les aspirations des précités défunts avaient tout même convergé vers la même province, vers les mêmes contrées accidentées et inhospitalières du Yukon.

Mais de nos jours, à Dawson City, Charlot ne fait plus danser les petits pains et on ne risque pas de croiser Buck en quête de sa meute. Dans ce village champignon jadis intitulé capitale, la trace des anciens baroudeurs aboutit désormais à l'Office du tourisme, aux échoppes de souvenirs, ou se décline encadrée sur les murs des chambres d'hôtel. Les restaurateurs aguichent les amateurs de ruée vers l'or grâce à des noms de plats ou de cocktails pompés aux légendes du Klondike. Des écrans mis à la disposition des marchands du temple par les voyagistes dépeignent avec outrecuidance une nature des plus *Disney*, docile et bonne pâte, dédiée au moindre cliché. En légions voltigeuses, les saumons saluent leurs cousins nounours débonnaires, le castor solidaire cède quelques brindilles à la marmotte pour parfaire son terrier, la louve rassasiée indique aux rapaces la plus fraîche carcasse, l'orignal fait don de ses bois au chasseur bredouille pour qu'il fasse pacifiquement illusion au-dessus de sa cheminée... On appelle ça du marketing culturel, de bonne guerre selon certains, même si pareils opportunismes ne sont pas du goût de tous. C'est d'ailleurs ce qu'exècre Charlotte, mordue montréalaise arrivée là avec sa coéquipière marcheuse Lola, ce matin après une dizaine d'heures dans les airs et deux changements d'avions.

Frisant la cinquantaine, Charlotte est mordue à plus d'un titre, c'est une vraie poly passionnée. Tout l'amuse, pique sa curiosité, l'enflamme, puis elle mord dedans ou se fait mordre en retour par l'objet de sa passion du moment. En tête de l'ahurissante liste de ses intérêts, trois univers rivalisent cependant pour occuper les préférences de son cœur : la marche à pied, les grands espaces et les courses de Formule 1. Ce tiercé peut bien sembler singulier voire un iota paradoxal, mais Charlotte le revendique sans détour, et il n'est pas rare que l'intéressée contemple un lac isolé ou les berges sablonneuses de quelque rivière à saumon tout en s'esquintant les tympans à grand renfort de crissements de gommes dures ou molles, d'accélérations pétaradantes, de retour au box et de commentaires surexcités hurlés dans ses écouteurs, quand untel accède à la pole. N'ayant jamais su convertir son mollasson mari au moindre de ses hobbies, Charlotte a depuis long fait le deuil de ses visions romantiques coupleuses, des balades main dans la main en pleine verdure et des weekends de Grand Prix partagés dans

CONTES BOUGONS

les gradins du circuit Gilles-Villeneuve une fois l'an ou sous la couette.

Après avoir sillonné en solo les sentiers pédestres des Laurentides, de Lanaudière et avoir usé ses semelles jusqu'en Gaspésie, Charlotte s'est mise à caresser d'autres défis de plus grande envergure, dont l'inéluctable, pour ne pas dire mythique, pèlerinage de Saint-Jacques-de-Compostelle.

Balisés des célèbres coquilles, les mille chemins qui mènent à Compostelle plutôt qu'à Rome constituent un véritable réseau sanguin européen pour les crapahuteurs de ce monde, mais surtout le prétexte par excellence pour s'en aller marcher en compagnie. *Fais Compostelle et meurs* est dans tous les esprits randonneurs, et Charlotte avait vite fait son leitmotiv d'accéder à cette Mecque de la marchotte. Depuis son bureau, son mari avait vaguement ronchonné au vu des distances, des dépenses et des semaines nécessaires au projet, mais il avait comme souvent abdiqué, préférant la quiétude de la reddition aux affres enflammées de la disputaille avec sa moitié volatile. Charlotte avait opté pour l'un des quatre chemins du pèlerinage de France, la *via Podiensis,* qui part du Puy-en-Velay pour rejoindre à pinces son saint Graal. En route, elle avait fait la connaissance de Lola, une surfeuse basque dans la quarantaine venue se remettre en forme après avoir bu une mauvaise tasse depuis le sommet d'*Avalanche,* au large des Alcyons près de Guéthary. Les deux femmes s'étaient liées d'amitié, avaient atteint Compostelle ensemble, et leur binôme pédestre s'était officialisé en vue de courses futures.

Depuis, l'époux stagnant de Charlotte était franchement hors-jeu et la Montréalaise partageait avec sa complice basque le plaisir de concocter les treks à venir sous toutes leurs coutures, depuis le choix des défis jusqu'à leur ligne d'arrivée, en passant avec délectation par leurs innombrables préparatifs. Les agendas des deux marcheuses étaient d'ailleurs bien alignés puisque l'hiver durant, lorsque le Canada est peu propice à la randonnée, Lola enchaînait en ses eaux les sessions de grosses vagues. Quant à Charlotte, entre deux GP, elle feignait d'accorder un minimum d'attention à son soporifique et très statique bonhomme, s'agitait en cuisine et rêvassait aux remises en marche printanières entre deux inspirations cannabiques. Plusieurs fois par mois, elle s'accordait quelques marathons en raquettes, histoire de ne pas perdre le coup de pied et de fuir l'effroyable sur-place du train-train conjugal.

Après avoir affronté avec succès les sentiers de Grande Randonnée en Écosse, au Maroc, à travers le Caucase et en Papouasie–Nouvelle-Guinée, les deux consœurs avaient localisé leur chemin de croix annuel au Yukon. Comme Charlotte était mordue de Chaplin et Lola de London, le territoire voisin de l'Alaska avec son fil aurifère nommé Klondike s'était naturellement imposé aux marcheuses.

C'est avec la ferme intention d'en découdre avec les gigantesques espaces de cette contrée et ses éléments déraisonnables que les deux femmes avaient débarqué sac au dos, ce matin de juin à l'aéroport de Dawson. Charlotte et Lola n'avaient prévu qu'une nuitée en ville. Elles comptaient se faire la malle de bonne heure le lendemain, un petit hydravion devant les déposer au cœur du parc territorial Tombstone. Après trente minutes de vol, elles seraient livrées à la pure nature et pourraient laisser libre cours à la passion qui les liait sans entrave ni retenue — *en avant, marche !*

Les amies déposèrent leurs bardas au *Westminster Hotel,* puis firent rapidement le tour de la bourgade, évitant les grappes de tiktokeurs qui sévissaient chaque coin de rue en essaims hagards, à la traîne de guides ridiculement accoutrés. Seule entorse à l'esprit non moutonnier que les marcheuses s'efforçaient de suivre, Charlotte s'abaissa à acheter une carte postale dans une boutique attrape-gogos où les lingots plastoc rivalisaient d'absurde avec des chapeaux en forme de batées, des t-shirts pailletés et des tamis égouttoirs à spaghettis. Écœurée à la seule vue des amas de mugs, de peluches ainsi que d'artéfacts autochtones et orpailleurs en toc, Charlotte se fendit cependant de cet achat rituel et autour de la bière que les deux équipières allèrent s'octroyer dans la taverne de leur hôtel, elle rédigea à l'attention de son délicieusement distant mari :

Allô Cher,
Bien arrivées. Mes orteils frétillent, nous partons demain.
Tu sais pas ce que tu manques, à ma plus grande joie ! Profite
bien de ta sédentarité, je lui sais gré de nous laisser tout
l'espace du monde pour ne point la joindre. Te souhaite ben
du fun, prends pas trop de brosses !
XX C.

Après quoi, Charlotte trempa un timbre dans sa lager avant de l'apposer sur la carte avec dédain. Lola porta un toast au périple et les trekkeuses regagnèrent leur chambre pour effectuer les ultimes vérifications matérielles précédant l'immersion en pleine nature. En plus de l'équipement de camping habituel, leurs sacs à dos étaient lestés de vivres pour une semaine, de petit matériel de trappe et de kits de survie. Suivant les conseils qu'elles avaient recueillis préalablement à leur expédition, les férues de la marche s'étaient pourvues de couteaux de chasse, de répulsifs à moustiques fort peu écologiques et d'un gros vaporisateur de poivre de Cayenne destiné à faire fuir le nounours trop curieux. En vue d'égayer les bivouacs, Charlotte avait aussi glissé dans son paquetage une généreuse pochette de chanvre sativa, poétiquement intitulée « Citrique électrique ». L'hydravion devait laisser des malles scellées à plusieurs points de rendez-vous, où elles trouveraient de quoi se réapprovisionner chaque semaine, ainsi qu'un poste radio pour communiquer en cas d'urgence. La durée de la marche forcée avait été estimée à trois semaines, à raison de 20 kilomètres de progression quotidienne — ce qui promettait un rythme athlétique en arrière-pays accidenté.

Pour leur ultime souper civilisé, Charlotte et Lola écartèrent méthodiquement les enseignes à orchestres country et les saloons de pacotille, où se congestionnaient des foules béates, persuadées de communier avec les prospecteurs de 1896. Au *Gold Village Chinese Restaurant*, elles avalèrent deux soupes tonkinoises et quatre rouleaux impériaux, dont les qualificatifs trahissaient l'œuvre de faussaires culinaires sans scrupules. Après avoir ingurgité un thé à l'eau de vaisselle, elles réglèrent une addition exorbitante sans laisser un cent de pourboire, rirent au nez de l'insolent serveur qui maudissait sûrement leur expédition en mandarin, puis se hâtèrent vers l'hôtel. Réfugiées dans leur chambre, elles s'accordèrent un menu pétard devant la fin de *The Revenant* qui passait à la télé, pour tenter d'estomper la clameur imbécile des soûlons rugissant déjà dans les rues. Ponctuée de bris de verre, de banjos désaccordés, de rires gras et d'harmonicas minables, la nuit fut courte — ce qui convint aux randonneuses qui n'aspiraient qu'à déguerpir du hameau carton-pâte.

À 5 h tapantes, tandis que Lola engloutissait les dernières gouttes de son café, Charlotte avait réglé la note, remis les clés de la chambre et sa carte postale à la réceptionniste pour envoi. En guise de taxi, un pickup déglingué les emmena enfin jusqu'au petit aéroport où, juché sur ses roues tel un jouet, un hydravion rouge de type DHC-2 Beaver les attendait. Après avoir présenté leurs billets au comptoir unique, les prétendantes à l'épopée sauvage se dirigèrent vers le tarmac, chargées comme des baudruches. Charlotte fut prise d'un sursaut et le visage de Lola se déforma d'une moue semblant hurler la pire déception du monde : appuyé à une pale d'hélice de l'aéroplane, un lunetteux mâchouillant de la gomme s'entretenait avec un petit troupeau. Trois gars et une jeune femme échangeaient avec le probable pilote, et un fatras de sacs et de cantines gisait au pied de l'appareil.

— *Here they are*, lâcha le pilote en faisant signe au groupe de commencer à charger le ventre de l'hydravion sur roues. *Bonjour, mesdames, nous allons pouvoir bientôt mettre les gaz, welcome !*

Tandis que les gars et la jeune femme, curieusement tous coiffés de chapeaux melon, mimaient une partie de Tetris pour gaver les soutes de l'avion, un grand type maigre s'avança vers Charlotte et Lola. La cinquantaine, vêtu de fringues militaires, il arborait une épaisse chevelure bouclée encore noire et une barbe de trois jours. À son cou pendaient un posemètre et une boussole. Dans une salutation aux accents anglophones, il se présenta de la sorte :

— *Gregory Dransgen, mais appelez-moi Greg, je vous prie. Enchanté. Voici mon équipe de tournage, nous allons voler vers les mêmes horizons, je crois, haha.* Puis, il tendit la main à chacune des deux amies, baissant légèrement la tête un rien formel. *Nous nous sommes greffés à votre* ride *au dernier moment, cela permettra d'alléger nos frais à tous, en plus d'avoir le plaisir de vous tenir compagnie ! Et croyez-moi, pour un metteur en scène, la réalisation d'économies est aussi improbable que de parvenir à envoyer ce vieux coucou dans les airs, haha !*

Charlotte se présenta sèchement et Lola s'esquiva en allant porter les sacs à dos dans la soute.

— *Eh bien, Greg, vous préparez un remake d'Orange mécanique au Yukon ?* lança-t-elle en désignant avec ironie les lascars bagagistes et leurs melons.

— *Ah, non, mes Droogies sont peace et il n'y a pas de milkbar au bord du lac où nous allons, haha,* répondit Greg tout sourire. *Nous avons aussi des cannes, mais dépourvues de poignards, haha... Je vous raconterai ce soir, au campement.*

L'hélice de l'avion partit en rotation dans un vrombissement décoiffant, et Charlotte n'eut pas l'occasion de s'insurger ni de signifier qu'elle n'avait nulle intention de faire camp commun sinon avec Lola, ce soir comme les nuits suivantes. Le pilote gesticula du bras par sa fenêtre

CONTES BOUGONS

entrouverte, tout le monde s'entassa dans la carlingue et le « Castor » sur roulettes finit par décoller laborieusement.

Construire un feu, comme à l'époque

APRÈS UNE DEMI-HEURE de vol, une dose supportable de turbulences et un bel arrondi final, le DHC-2 Beaver écrasa ses flotteurs sur la verrière intacte d'un lac brun. Le trajet avait été assourdissant, le défilé des paysages lent et similaire, au point de pratiquement assoupir l'ensemble des passagers. Personne n'avait causé, pour la plus grande satisfaction du binôme de randonneuses, et seul le fracas de l'amerrissage tira la troupe de sa torpeur. Le pilote décéléra au toucher et l'avion traversa le lac, perdant sa vitesse jusqu'à une centaine de mètres de la rive. Puis, remettant les gaz, le lunetteux mâchouillant manœuvra jusqu'à échouer les flotteurs sur une mince plage sablonneuse. Les boucles de ceintures cliquetèrent, l'habitacle tangua légèrement, le pilote sauta crânement les pieds dans l'eau pour ouvrir la porte arrière et aider le groupe à s'extraire du joujou rouge. Puis, il promena ses claquettes quelques pas sur la plage, s'accroupit en allumant un cigarillo et entreprit sans moufter de contempler le déchargement des sacs et cantines. Derrière lui, un large rond de pierres cernait quelques débris et cendres de bois calciné, et une forme de hutte primitive à toiture de tôle abritait deux grands sarcophages métalliques scellés de cadenas, ainsi que trois imposantes pyramides de bois sec.

Lorsque les entrailles du Beaver furent délestées, le pilote tendit à Charlotte et à Greg une feuille comprenant les coordonnées GPS du lac, ainsi que la date et l'heure approximative du prochain ravitaillement hebdomadaire. Puis, il salua le petit monde, poussa seul et avec une dextérité déconcertante son zinc hors de la plage, sauta sur un flotteur comme sur une gondole vénitienne, et gagna le cockpit. Le moteur toussa, les pales s'emballèrent, et bientôt l'appareil déjaugea depuis le centre du miroir aquatique. Après avoir opéré quelques roulis en signe d'aurevoir, l'hydravion disparut derrière l'écran des cimes d'épinettes. Deux minutes plus tard, l'assommant silence des grands espaces fondit sur l'assemblée restée là, statufiée sur le sable à scruter la disparition du moustique écarlate.

Le soleil était au zénith, l'air était frais. Se concertant du coin de l'œil, Charlotte et Lola auraient voulu saisir leurs sacs, prendre leurs jambes à leurs cou et disparaître dans le premier bosquet. Mais elles furent happées par la bande des quatre qui les invita à entreposer leur stock sous la hutte à côté des bûches destinées aux flambées des trappeurs et autres aventuriers en quête d'une halte réconfortante. Greg présenta Carmack l'assistant, Jim le caméraman et Ruth l'actrice aux deux fuyardes imaginaires dont il venait d'avorter la cavale. Puis, saisissant leurs affaires avec une galanterie autoritaire totalement patriarcale, le metteur en scène argumenta :

— *Les ténèbres tombent sans prévenir par ici, ladies. Je vous invite à passer cette première nuit autour d'un bon feu sur ce charmant bout de plage. Nous ferons connaissance sans précipitations et j'ai une bouteille de gin qui nous déliera la langue, haha. Il n'y a qu'à monter votre tente, Carmack va*

CONTES BOUGONS

mijoter de quoi remplir nos panses, be my guests! *D'ailleurs, si l'une de vous souhaite bâtir le feu, je lui porterais volontiers des bûches et j'en fendrai d'autres à mettre au sec.*

Lola haussa les épaules en soupirant, sans masquer ses pulsions rebelles et levant les yeux au ciel, Charlotte acquiesça mollement en retroussant ses manches. Pour pallier l'impossibilité de fuite et retarder le moment des causeries inutiles, Charlotte entraîna Lola chercher du petit bois d'allumage pendant que le cinéaste empilait un tas de combustibles aux abords du cercle de pierres. Dans les fourrés, les randonneuses entrèrent aussitôt en contact avec l'environnement dont elles seraient hôtesses les semaines à venir. En moins de deux, d'impressionnantes mouches à chevreuil vinrent harceler les cueilleuses de brindilles, des mouches noires et autres maringouins du Grand Nord ponctionnèrent leurs chairs jusqu'aux os. Elles convinrent trop tard que le moindre dénudement appelait ici de cuisants regrets.

— *Leçon numéro 1 : chère, ne jamais se départir de son filet à moustiquaire tête et cou, et systématiquement porter des habits longs,* grommela Charlotte en s'envoyant de vives claques sur la nuque et les avant-bras. *Ici, les bébites sont préhistoriques, c'est pas comme sur la côte basque en France, ostie...*

Pour toute réponse, la surfeuse se contenta de redresser la tête, exposant les énormes boursouflures dans lesquelles disparaissaient ses yeux. Vacillant avec son frêle fagot de petit bois, Lola semblait avoir subi cinq rounds de boxe les mains liées dans le dos. Elle eut la force de signifier silencieusement à sa poinçonnée collègue qu'il était temps de décamper dare-dare et de regagner le campement, si elles ne voulaient pas finir dévorées sur place. S'il leur restait assez de sang dans le corps pour construire le fameux brasier, au moins la glace était brisée.

Irritée à plus d'un endroit, Charlotte construisit son feu sans trop broncher, tel qu'elle l'avait appris dès ses plus jeunes années au chalet de ses grands-parents. Ruth la comédienne prodigua les premiers soins aux malheureuses en leur appliquant une épaisse couche de pommade à base d'arnica, le dénommé Carmack sortit de quoi faire sa tambouille, tandis que Greg et Jim le chef opérateur eurent la riche idée d'emprunter Lola pour quelques essais en lumière naturelle. La pauvre Basque faisait peine à voir. Elle déclina d'abord, rechigna ensuite, abdiqua enfin, rouspétant que la quiétude n'existait pas plus au Yukon qu'à Biarritz en pleines vacances scolaires. Mais bientôt, le feu fut allumé et l'épaisse fumée vint chasser tout ce qui rampait et voltigeait dans un rayon de trois mètres alentour, à la grande satisfaction du troupeau.

L'après-midi tirait sur sa fin, le bûcher flambait haut et les trois tentes dressées sur la plage semblaient un minuscule village cerné par la forêt noircissante. L'air fraîchissait, les bois s'enhardissaient de craquements inquiétants et d'une symphonie nocturne dont la pluralité instrumentale montait en crescendo. Le lac avait viré noir, laissant éclater à intervalles réguliers des truites harponnant leur pitance en surface. Carmack mélangeait sa marmite de minestrone sur la braise en sifflant, tandis que les comparses assis en rond se passaient une gamelle de chips en attendant la pitance. Charlotte avait allumé un joint sur lequel Lola s'attarda et le metteur en scène assena à chaque gobelet

CONTES BOUGONS

tendu une franche rasade de gin. Lorsque tout le monde fut à son aise, Greg se saisit du chapeau melon de Jim, le lança en l'air, puis leva son godet à l'attention des bivouaqueurs.

— *Ladies, l'équipe du Golden Guy Project est ravie de partager cette première nuit à la belle étoile avec vous ! Au nom de notre production, je vous souhaite un agréable trek, que la santé et la sécurité puissent cheminer à vos côtés. Mais laissez-moi vous dire quelques mots sur ce qui nous a menés ici et provoqué votre rencontre...*

Carmack accepta le joint finissant. Jim, qui venait de perdre son chapeau et ne causait pas français, se contenta de laper sa soupe, tandis que Ruth commença de se dandiner aux côtés du metteur en scène. Elle jouait avec une vieille canne en bambou et se déplaçait avec raideur, les pieds en canard, affichant un sourire à la Broadway, toutes dents dehors. La face tuméfiée de Lola ne put se retenir de pouffer, Charlotte esquissa un simple rictus que personne n'aperçut à travers la danse des flammes. Les effluves floraux du « Citrique électrique » n'avaient pas tardé à produire leur effet, et les explications du réalisateur assorties des mimiques grotesques de l'actrice plongèrent les fumeuses dans un état de perplexité hilare.

— *The Gold Rush, vous connaissez The Tramp, Charlot Chaplin, n'est-ce pas ? Eh bien, nous y sommes, ou plutôt nous y revenons,* lança fièrement Greg. *Nous allons recréer les conditions réelles dans lesquelles Chaplin a tourné son film ! Ruth portera la même tenue, nous serons dans le même décor naturel. Elle va gravir un flanc de montagne avec le matériel des chercheurs d'or de l'époque, passer un col analogue à Chilkoot Pass...*

— *N'importe quoi,* grogna Lola pleine de sarcasme, *c'est quoi l'intérêt ? En passant, Chaplin, ses films il les a tournés à Hollywood, pas au Yukon, hein ! Et puis sans vouloir vexer, Ruth n'a pas le physique pour hisser du matos d'orpailleur où que ce soit, et puis vous n'irez pas loin et puis, on n'est pas en hiver... Pfff, vous en avez des drôles de trips ! Une fausse ruée vers l'or en solo, fallait y penser !*

Coupant net Greg dans son enthousiasme reconstitutif, la douche froide envoyée par la surfeuse eut aussi pour effet de renvoyer Ruth à son quart de soupe et de rétablir le silence autour du feu. Les cuillères tintèrent encore quelques minutes dans les timbales, le metteur en scène et son équipe se levèrent et saluèrent avant de quitter la veillée et de s'engouffrer vexés dans leurs tentes. Cependant, jouissant enfin d'un instant solitaire, les randonneuses criblées de piqûres se regardèrent en étouffant un fou-rire, puis restèrent là à regarder le feu.

Dispersion, lac-à-l'épaule forcé

À 8 h, le lac éclatait sous le soleil, le feu fumait encore, Carmack préparait du café et faisait griller quelques tranches de pain sur les braises de la veille. Greg et Jim achevaient de préparer le matériel de tournage lorsque Charlotte et Lola sortirent de leur tente, l'œil un tantinet vitreux et les tignasses en bataille.

— *Salut ladies,* risqua Greg sur un ton débonnaire, *prêtes pour une belle journée de trek ? On va partager la route quelques heures et on vous abandonnera pour notre ascension vers Tombstone Pass ! Carmack vous a préparé un vrai petit-déjeuner continental, haha !*

Lola marmonna une façon de bonjour et s'éclipsa dans les buissons pour assouvir une rétention qu'elle avait péniblement supportée la nuit durant, n'ayant pas la hardiesse d'affronter les ténèbres. Charlotte s'étira et, s'approchant du feu, elle aperçut Ruth. Non loin de la hutte, la pauvre s'était assise sur un rocher pour tenter d'enfiler un énorme bottillon — lequel devait aisément dépasser sa pointure de quatre ou cinq tailles. La comédienne portait un pantalon bouffant, une sorte de redingote sur un gilet vieillot et une cravate à la mode 1900. Elle avait tiré ses cheveux en arrière et s'était collé une moustache hitlérienne sous le nez. Contre le roc reposaient un sac à dos tout droit sorti de chez un antiquaire et l'emblématique canne en bambou. *C'était donc pas le pot hier,* songea Charlotte en se frottant le front. Sans commenter la scène grotesque et ravalant son profond mécontentement à l'idée de marcher la première partie de journée en compagnie clownesque, elle accepta docilement la ration caféinée offerte par Carmack.

— *Après tout, chacun son truc,* glissa-t-elle à Lola lorsque celle-ci reparut. *Pas de crainte, d'ici quatre heures, on sera débarrassées des morons. La libération s'en vient, chère. D'ici là, on se fait souffrir les rotules pis on se fait de la corne en dessous des pieds !*

Ruth la résiliente était parvenue à enfiler ses gigantesques chausses, avait coiffé son melon et se tenant un pied sur le rocher, appuyée sur sa canne flexible, elle posait sous l'objectif de Jim. Après avoir vérifié la luminosité, Greg fit un signe de tête à Carmack, lequel envoya un clap en claquant des mains :

— *True Gold Rush, first scene, take one!*

Et tandis que Jim effectuait un laborieux traveling autour de Ruth, le metteur en scène déclama d'une voix grave, suivant pas à pas son opérateur :

— *Ladies, vous assistez ici à un évènement sans pareil. Voici l'avènement du véritable âge d'or du cinéma, là où les films muets d'antan vont enfin causer plus vrai que vrai, haha ! Voici Charlot version réalité, sans piano derrière, sans farces ni fard, face au vrai Yukon ! Savourez et retenez donc cette première, haha, l'an prochain, ce sera White Fang, puis La Folie du docteur Tube, Un chien Andalou, Dersou Ouzala... Mon inspiration est plus vaste et inépuisable que les espaces qui nous entourent ! La vérité me transporte, la réalité m'anime, mon œuvre sonne déjà le glas de la téléréalité, haha !*

Étourdi par ses propres propos, il restait dans le dos de Jim, agrippé à ses pans de chemise. Sous son melon, Ruth souriait, un rien crispée devant les projets grandiloquents de Greg. Elle regrettait presque d'avoir débarqué du *Beaver* et se demandait si lors de son prochain passage ravitailleur, à condition d'être encore en vie, elle n'en profiterait pas pour prendre la poudre d'escampette et mettre un vrai terme à son hurluberluesque contrat.

CONTES BOUGONS

40 minutes plus tard, sous la lentille de Jim et les recommandations nerveuses de Greg, l'équipe ciné-véridique se mit en marche avec son barda pour la nuit — laissant le gros des affaires au camp. Chargées en bourriques, Charlotte et Lola fermaient la marche, vociférant à voix basse quant au ridicule de ce qui les précédait. Tel un canard boiteux, la comédienne se traînait en piquant sa canne sans pouvoir y trouver le moindre soutien, et elle n'avait pas fait 200 mètres que ses frêles clavicules hurlaient grâce sous la morsure des lanières retenant son sac à dos. Décidant qu'il avait assez de matière captée pour le départ, le metteur en scène dit à Jim de stopper la caméra. Mais par souci de réalisme, Ruth dut poursuivre la marche dans son accoutrement, entravée par ses souliers pattes d'oie et sous le poids de son odieux paquetage rétro.

L'équipée saugrenue parvint piteusement au flanc de la montagne trois heures plus tard que prévu. Pour s'épargner les gémissements de la Charlot d'époque et les déblatérations technico-artistiques des gars causant british, Charlotte et Lola se partagèrent une paire d'écouteurs pour connaître les prévisions intégrales du prochain GP F1 d'Azerbaïdjan, préenregistrées à Dawson. Effarée par la progression peu discrète de la troupe, la faune locale s'était peu montrée, à part un couple de marmottes, une volée de jaseurs boréals que personne n'entendit chanter malheur et une mouffette rabougrie que Jim chassa d'un jet de caillou. Les estomacs accueillirent la halte avec soulagement et chacun sortit son casse-croûte. Quant à elle, Ruth commença par ôter ses péniches pour se rafistoler les pieds, devant se contenter d'un biscuit dur comme de la roche et d'une poignée de raisins secs par souci de réalisme encore.

Dominant les pique-niqueurs de son ombre écrasante, la montagne semblait augurer du pire, mais cela n'affectait nullement Greg.

— *Ladies, voici où nos voies bifurquent,* lança-t-il entre deux bouchées de saucisse fumée. Désignant le sommet menaçant et la pente d'éboulis qui y menait, il poursuivit : *la météo nous est clémente, nous devrions pouvoir atteindre le col Tombstone avant la nuit ! Vous aurez le privilège de suivre notre ascension et d'assister en direct au renouveau cinématographique par réalisme, haha !*

— *Ouais, ben pourvu qu'on ne soit pas témoins d'un cinglant rappel à l'ordre par Dame nature,* hein, rétorqua Lola en pointant Ruth qui s'hydratait, pendue à une gourde en peau de chamois. *Parce que la réalité du moment, c'est que vous tordez le bras à une candidate forcée au suicide pour qu'elle se mette au plus tôt la corde au cou ! Chaplin, il pionçait dans la soie après un bon gueuleton, quand il avait fini de ramper à l'horizontale sur ses parois en papier mâché. Charlot en conditions réelles, c'était le Yukon californien, les ventilos d'air tiède, les massages entre deux prises et le bourbon-cigare siroté dans une caravane tout confo...*

Mais déjà, le metteur en scène était reparti à ses préparatifs de haute montagne. À peine rechaussée, la moustachue ployait à nouveau sous son sac à souffrance, le melon vissé sur le ciboulot. Tandis que Jim liait à la taille de la malheureuse une corde semblable à celles des exécutions westerns, Carmack s'arrimait lui-même à l'horrible lien. Greg relia ensuite Jim à la suite de Ruth, puis s'attacha en premier de cordée. Armé d'un piolet dernier cri, le metteur en scène mit en branle la périlleuse file indienne au bout de laquelle la « Chapeline » semblait déjà pendouiller, traînassant ses godillots disproportionnés.

— *Hasta la vista, ladies,* rugit Greg sans se retourner. *Surtout, n'en perdez pas une miette, c'est une vraie de vraie première ! Encore mieux que le Chilkoot, eh ! On se retrouve au bord d'un lac ou l'autre, un de ces quatre, hein ? Haha, see you, ladies !*

Assises sur leurs sacs, Lola et Charlotte, qui finissaient de se restaurer, eurent juste le temps de percevoir la mine déconfite et le regard réellement terrifié de Ruth, alors qu'elle commençait malgré elle à gravir la pente sisy-phéenne. Montant à reculons et tracté par Carmack sous le chef de file, Jim filmait les déboires de la néo-Charlot en prise avec le réel. Quelques petites roches roulèrent jusqu'aux randonneuses, ce qui les décida à se remettre en route. Charlotte sortit des jumelles de son sac et les tendit à Lola.

— *Tiens ma belle, have fun, jette un œil aux éberlués de temps en temps. Faut pas rater la catastrophe, le col de la pierre tombale, ça ne s'invente pas ! Des allumés pareils, c'est de l'or en barre, je te le garantis, hihi*, fit-elle en imitant le metteur en scène.

Les marcheuses s'éloignèrent des contreforts monta-gneux, tout en surplombant les plaines d'où elles étaient parties le matin. Elles tombèrent sur un dégagement en forme de clairière dans une talle d'épilobes en épis. Sous le charme de leur trouvaille, Lola suggéra d'y faire leur bivouac de bonne heure. Peu avant le crépuscule, Charlotte aperçut Ruth, dans ses lentilles, qui jouait encore les pendules à environ trois quarts d'atteinte du col. Lola fit chauffer un sachet de soupe déshydratée sur le réchaud, dans lequel elle versa une tasse de riz complet. Un vent frais se leva et les bourrasques devinrent vite assez fortes pour presser les voyageuses sous leur tente, où elles s'endormirent tout sourire dans les vapeurs de *Citrique électrique*.

— *Tabarnak, un cougar! Lola, donne-moi le poivre, aweille!*

Depuis son sac de couchage, Lola ne distinguait que l'arrière-train de Charlotte qui avait passé sa tête hors la tente. D'après la luminosité, c'était le matin. N'étant pas certaine de ses perceptions avant d'ingurgiter un café, la surfeuse préféra s'exécuter, quitte à passer pour une niaise. Elle tendit donc la bombonne anti-ours à sa collègue en marmonnant :

— *Ben, le chasse pas tout de suite, dis donc, s'il n'a pas trouvé une jeunette dans les parages, il voudra peut-être s'occuper de nous!*

— *Tssss, un puma ma belle, un lion de montagne si tu préfères! Il n'est pas tout près, mais il regarde vers nous comme s'il voulait déjeuner. Une bébite pareille, je t'assure, t'as pas envie que ça te miaule tes quatre vérités ni que ça te gratte le dos... Ah, ben, il décâlisse le tabarnak... Tout est beau!*

Et les deux femmes s'extirpèrent de leur abri dans un concert de vaisselle. Puis, Lola, qui n'eut pas le temps d'apercevoir le félin vadrouilleur, obtint l'agrément de préparer son café sous un beau lever de soleil. Dans les jumelles, le col de la pierre tombale émettait un filet de fumée blanche, laissant entendre que Charlot et sa troupe avaient survécu à l'ascension et à la nuit. Sur le flanc abrupt et rocailleux de la montagne, une sizaine de mouflons de Dall traçaient une acrobatique diagonale descendante. Bientôt, elles perdirent de vue les pics de Tombstone et s'enfoncèrent boussole et poivre anti-ours en mains dans une forêt d'épinettes et de bouleaux. L'objectif était d'atteindre, après 16 kilomètres de marche soutenue, un petit lac pour l'escale du soir, en suivant un chemin qui figurait à peine sur la carte. Alternant causeries à voix haute et coups de sifflet pour éviter les mauvaises rencontres, les randonneuses croisèrent tout de même un imposant carcajou qu'elles prirent avec frayeur pour un ourson, mais qui détala sous les jurons de Charlotte. Les marcheuses s'ébahirent aussi non sans inquiétude devant une carcasse d'orignal, dont il ne restait pratiquement que le trophée, débattirent l'origine de plusieurs empreintes griffues et autres tas de déjections, remplirent leurs gourdes et se rafraîchirent les orteils dans un ruisseau blanc comme neige. L'usage discipliné qu'elles firent de la boussole et le franc rythme de leur foulée finirent par couronner de succès cette belle journée, et le lac visé fit son apparition peu avant 16 h.

Après avoir monté la tente et démarré le feu, les randonneuses se mirent au repos, fumèrent un joint et Charlotte commença à pester contre le sédentarisme de son mari resté rivé à Montréal, à discourir sur l'aberration du mariage et l'expiration du patriarcat qui mettait un temps interminablement injuste à poindre. Après tout, de quel bonhomme avaient-elles besoin là, en pleine nature ?

L'existence pouvait être aussi simple et délicieuse que ça, là. Affichant une moue rieuse, Lola approuvait de la tête, avachie contre son duvet, en grignotant des amandes. En tant que surfeuse et Basque de surcroît, elle savait quelle plaie représentent les blondinets musclés qui se prennent pour des guerriers hawaïens dans la houle, ou encore quels comportements douteux animent les rugbymen et autres joueurs de pelote lors des fameuses troisièmes mi-temps.

— *Pfff, t'as tellement raison, ma Charlotte. Les couilles sur la table, le men's planning, spreading, les intimidations, le harcèlement, tout le bordel, y'en a que marre! Au moins, ton mari est statique, il est moindre mal dans son bureau... T'as bien raison va, on n'est jamais si bien qu'entre nous comme ici! Pense un peu à cette pauvre Ruth manipulée par ce pervers narcissique réalisateur à deux balles... J'ai même lu un article stipulant que le patriarcat était tellement prégnant dans nos sociétés que les animaux domestiques mâles modifiaient leur attitude par rapport aux femmes, t'imagines où on est rendues!*

Mais avant que Charlotte ne réponde, n'enchaîne et renchérisse, une série d'aboiements fit sursauter les deux causeuses en goguette. Une silhouette fort peu féminine s'avançait vers le feu, un molosse à ses côtés. À travers les flammes, un homme d'un âge certain — sans doute en fin de soixantaine malgré une corpulence solide — parut. Il leva la paume de sa main droite, le chien s'assit aussitôt, et il exprima dans un anglais hésitant le pacifisme de son arrivée inopinée. Le vieil homme ôta une non moins vieille casquette de baseball en guise de salut. Il portait une veste de chasse en toile, un pantalon à poches multiples. Un sac mordant une couverture roulée lui barrait le torse, un long

CONTES BOUGONS

couteau pendait à sa taille et il tenait une carabine canon vers le sol. En s'approchant davantage du feu, les traits rugueux et les sillons marqués de son visage, ses yeux tirés et noirs perçants vinrent avec sa longue chevelure blanche confirmer des origines autochtones. Le fringant vieillard poursuivit en anglais, d'une voix douce :

— *Je m'appelle Isaac Jr., de Moosehide près de Dawson City, trappeur et guide à mes heures. Je ne veux pas vous importuner, juste partager votre bivouac cette nuit, si vous le permettez, avec mon chien « Thunder ». Il se fait tard et je dois m'arrêter, j'ai senti votre feu... J'ai un peu de poisson frais...*

Et avant même que les campeuses puissent échanger un regard déçu signant la fin d'une tranquillité durement gagnée, Isaac Jr. avait jeté sa besace à terre, déposé son arme et défait sa couverture sur laquelle il s'installa face aux femmes, de l'autre côté du brasier. Le colossal toutou demeura quant à lui assis, observant les étrangères depuis son épaisse fourrure, ne bougeant pas d'une oreille, aussi figé qu'une faïence et plus statique encore que la moitié de Charlotte, qui subissait ses foudres quelques instants plus tôt.

— *Mais c'est Buck, plaisanta Lola ! Monsieur Isaac, vous n'auriez pas emprunté votre peluche à un Monsieur Jack, par hasard ?*

Ne saisissant pas la boutade — ou l'anglais de Lola aussi approximatif que le sien —, le vieil homme se voulut rassurant.

— *Ne vous inquiétez pas, elle ne bougera pas, juste pour aller se nourrir cette nuit. Vous n'avez rien à craindre, Thunder est une qimmiq fidèle et protectrice. Elle m'a évité bien des crocs de loup, de coyotes et des pattes d'ours mal placées...*

— *Oui, bon bah, c'est plutôt notre espèce, que votre qimmiq devrait protéger, non pas contre les bêtes, mais contre les carnassiers de votre genre,* s'emporta Lola un peu confuse, impressionnée par la présence pleine d'aplomb de l'étranger.

Impassible sous la casquette qu'il avait renfoncée sur sa tignasse, Isaac Jr. caressa d'une main lourde la croupe de Thunder, sortit une pipe de sa veste et entreprit de la bourrer, tout en observant les campeuses entre les flammèches :

— *Ah, mais non, mais non, vous faites fausse route... Je suis Mrs. Isaac Jr., ne laissez pas les apparences vous aveugler, voyez-moi donc de cœur. Mes parents Häns ont été dupés par les esprits à ma naissance, d'où le prénom que j'ai hérité de mon père. Mais mère Nature m'a guidée tout autrement et m'a révélée à moi-même, à son contact maternel universel. Je suis des vôtres et mon dévoué qimmiq est également une, car elle m'a suivie docilement dans la révélation véritable de mon genre intrinsèque... Après tout, le tonnerre n'est qu'une humeur céleste ! Nous sommes donc, ici et maintenant, exclusivement entre nous...*

Lola réprima son envie subite d'inciter Isaac Jr. à se limer les ongles plutôt que d'allumer sa pipe. Mais la surfeuse ravala son sarcasme et choisit de préparer la tambouille. Isaac Jr. sortit de son sac un paquet emballé dans une peau tannée, soit une énorme pièce de saumon. À l'aide de son couteau de chasse — qui fit une sensation des plus frissonnantes sur les randonneuses —, elle tailla l'extrémité d'une branche d'épinette, y embrocha le gigot poissonneux et cala l'ensemble à la caresse des flammes.

— *Vous êtes donc pêcheuse, Isaac,* s'enquit jovialement Charlotte pour relancer la conversation sur des voies moins intimistes. *Ma parole, j'ignorais que des squales frayaient dans le Klondike, c'est une méchante grosse prise! Il y en a assez pour rassasier la troupe des Charlots cinéastes du col, plus nous trois, hé!*

Produisant avec sa pipe de sublimes ronds de fumée et éventant le poisson à l'aide du cuir qui l'avait conservé, Isaac Jr. acquiesça humblement, mais précisa que sa chienne avait pour habitude de se nourrir seule lorsqu'elles sillonnaient ensemble la toundra de Tombstone. Le qimmiq avait, selon les récits de ses ancêtres, l'autarcie dans le sang et son chien devenu chienne poussait même cet instinct remarquable jusqu'au partage. Il n'était donc pas rare que la guide fasse l'impasse sur la trappe et la chasse, se retrouvant pourvue par les soins de sa bête d'un morceau de gibier ou de poisson. Et ce matin même au réveil, Isaac Jr. avait trouvé cette splendide offrande de Thunder à côté de la couverture dans laquelle elle s'enroulait pour la nuit. Ce saumon quinnat, décapité et dont il ne subsistait environ qu'un dixième, devait être un mastodonte.

— *Vous connaissez les blancs-becs qui sont montés au col,* interrogea la Hän. *Avec Thunder, on les a croisés ce matin en piteux état. Une femme à moustache s'était brisé la cheville, deux hommes la bringuebalaient sur une civière mal improvisée. Un troisième gars s'était fait encorner les fesses, une mauvaise rencontre avec une bande de mouflons... Bref, ils repartaient appeler un avion au secours, ils n'étaient pas bien contents... ohoh. Le Yukon, c'est pas Hollywood ! Malgré ses blessures, le grand blanc voulait nous filmer ma chienne et moi ! Il était prêt à payer pour qu'on fasse semblant d'attaquer la moustachue, ohoh, on croise de sacrés cas parfois, des drôles de faunes...*

Le reste de la soirée fut ponctué d'anecdotes et de légendes locales contées par Isaac Jr., et la soupe de Lola fut délicieusement conjuguée au magistral bout de saumon grillé. Les convives trouvèrent la pêche fort à leur goût, exception faite de petits granulés venant crisser sous la dent — les saumons avalaient leur lot de gravier en allant pondre —, preuve s'il en était de la fraîcheur sans prix de leur chair sauvage. Bientôt, la tente partit à ronfler, Isaac Jr. s'entortilla au coin du feu avec flingue et couteau, et la vaillante Thunder sans peur ni reproche partit à la chasse de son dîner sous la lune.

Intermède rétrospectif, badaboum conséquent

AU YUKON, L'ANNÉE 1898 fut rude à plus d'un titre. La surpopulation de pauvres hères venus braver les éléments pour dénicher le métal prometteur était à son comble. Malgré leur étendue, les terres étaient trouées, ponctionnées au hasard, les cours d'eau barrés, détournés et leurs fonds remués, tamisés, ratissés à outrance. Le tristement célèbre col Chilkoot et ses grimpeurs moutonniers avaient essuyé une série d'avalanches meurtrières, qui décidèrent les touristes orpailleurs d'emprunter d'autres voies et à disséminer leurs élans en ouvrant de nouvelles routes vers la fortune. Le monde attendait encore de voir naître le pitre Dictateur des Temps modernes, tout comme son sombre pendant inspirateur Adolf — les deux viendraient au monde l'année suivante, loin du Klondike et sous l'ironie du sort, à quatre jours d'intervalle. Quant à John Griffith London, il était alors bel et bien dans les parages. Faute de prospecter fructueusement, celui-ci contracta un sonnant-trébuchant scorbut qui le ramena dans les saloons de Dawson. Mais là n'est pas ce qui importe.

Au printemps de l'année 1898, un groupe d'une cin-quantaine d'aspirants à la jaunisse métallique se met en tête de passer le col Tombstone, très loin d'envisager toute Citrique électrique à venir ni les innombrables cataclysmes historiques qui mèneraient l'humanité jusqu'à sa consom-mation récréative. Le terrain pierreux est friable, des cordées dévissent lamentablement, des os se facturent, des membres se désarticulent, des gangrènes mûrissent. Parmi les affolés aurifères qui veulent dompter le col Tombstone, un groupe de braves gens finit par toucher au but. Seul un bloc de roche massif comme un château médiéval et incontour-nable les empêche d'accéder au col promis. En contrebas de l'obstacle, le soir venu, les escaladeurs amateurs blottis les uns contre les autres pour ne pas geler se passent de la gnôle et c'est là que germe l'idée létale. Enhardi par la fatigue, le froid et la boisson, l'un des chercheurs d'or part en hallucinations. D'un coup, en place du rocher barrant la route au bonheur, il se met à voir non pas un poulet géant, mais une explosion fantastique ouvrant tous les possibles.

On ricane, on se moque, on passe encore quelques rasades d'alcool à brûler, on se gausse et le délirant candidat mineur fouille dans ses affaires, en extrait un joli faisceau de dynamite. Sous les rires dubitatifs, on se passe le pain explosif, on blague et on mime le désastre avec un mégot de cigarette... Puis, la charge est ensevelie au pied du roc. En proie à une folie subite, le groupe envoie le décompte en chœur tandis qu'un écervelé met le feu aux mèches. Deux ou trois pas assez grisés tentent de s'écarter pour fuir la furie par poudre qui s'en vient. Certains déboulent la pente maladroitement et pleins d'inconscience, droit sous le rocher, dans le noir.

Et boum! Badaboum! Mille boum fois cent à la puissance dix mille! Ça saute dans un atroce pataquès, pire que toutes les chaînes volcaniques d'Islande synchrones. L'Apocalypse a lieu en un seul rugissement, juste là, 30 mètres sous le col Tombstone. Une étincelle immense foudroie toutes les vallées alentour, tous les bonshommes sauf trois sont émiettés dans l'instant et dispersés par le souffle cinq ou six miles à la ronde... D'aucuns prétendront même avoir plus tard retrouvé fragments de mâchoires et mèches de cheveux des trépassés non loin de Dawson City. Certaines dites reliques se revendront encore sous le manteau bien des lustres plus tard, pour attester de l'explosion et célébrer l'ouverture du col et ses dynamiteurs martyrs — mais là non plus n'est pas ce qui importe.

Dans l'irruption pierreuse accompagnant la dislocation du roc, un caillou d'une centaine de kilos fut projeté parmi d'autres jusqu'en bas de la montagne. En fin de vol parabolique, le caillou fendit une épinette jusqu'aux racines, scellant au passage le destin d'une famille d'écureuils, puis roula jusqu'au rivage d'un ruisseau bouillonnant. Là, l'énergie cinétique de sa course dantesque fut stoppée net par la pointe d'une saillie surplombant le lit du cours d'eau. Dans un ultime désagrègement, le caillou libéra une masse métallique grosse comme un poing qui sombra à pic dans les tumultes aquatiques. Au fond du ruisseau, massée par les courants vigoureux, la pépite d'or pur commença dès lors son lancinant polissage. Et l'objet fruit de toutes les avidités et convoitises resta paisiblement 1,20 m sous la surface, croisant à l'occasion quelques paires de bottes trop occupées par leur quête pour l'apercevoir. La fameuse ruée eut amplement le temps de s'éteindre, deux conflits mondiaux de faire trembler le globe, Jack et Charlie d'imprimer leurs génies artistiques dans l'histoire universelle et de s'éteindre eux-mêmes. Mais la pépite, elle, subsista, se raffina, adoucit ses contours avec une infinie patience jusqu'à devenir un magnifique galet.

Pactole aquatique, déchaînement alimentaire

IL ÉTAIT ENVIRON 7 H. Surveillant le ruisseau de sa funeste allure, le col Tomstone fourmillait d'étranges quidams occupés à fabriquer un brancard à l'aide de cannes et cordes pour un moustachu blessé. Remontant le courant du ruisseau, une immense femelle quinnat mesurant plus de 1,40 m et dont le poids — œufs compris — frisait les 50 kg avait eu pour idée de frayer d'avance, afin d'éviter les embouteillages. La mer de Béring n'était plus qu'un lointain souvenir et la femelle à dos noir en totale surcharge pondérale fournissait les derniers efforts avant d'établir sa dune de fraie. Alors qu'elle tentait d'immiscer sa cargaison d'acides oméga-3 entre deux pierres et de franchir un tourbillon, la quinnat fut prise d'un moment de faiblesse, hoqueta, plongea sa bouche béante dans le fond du ruisseau et goba malgré elle le précieux galet.

Au même instant dans les hauteurs, traînant en descente du col leur brancard de sauvetage, les infortunés cinéastes croisèrent la colère bourrue d'un groupe de mouflons, ce qui valut au premier de cordée un douloureux coup de cornes au postérieur. Non loin du ruisseau, Isaac Jr. avalait à son bivouac quelques brins d'orignal fumé en guise de petit-déjeuner, en attendant que Thunder reparaisse après sa tournée nocturne nourricière.

Désagréablement surprise par sa prise involontaire qu'elle ne parvenait pas à ingérer, la quinnat eut le fâcheux réflexe de donner une puissante flexion de caudale, ce qui la fit remonter en surface. La tête hors de l'eau, la malchanceuse mère porteuse eut à peine le temps d'apercevoir les nuages attroupés autour du col Tombstone. Elle se sentit violemment pousser des ailes et piqua un instant vers les cieux, puis retomba aussi sec s'échouer sur la rive. Là, elle n'eut pas davantage l'occasion de sentir l'effroyable griffure qui lui avait ouvert le corps sur près de 50 cm, contrairement à la morsure définitive qui suivit et qui mit un terme à ses jours.

Maître grizzli, à la patte heureuse et réservant le meilleur pour la fin, commença son repas par l'énorme tête aux lèvres violet. À l'instar du pique-niqueur du dimanche qui règle son compte à une vulgaire poignée de chips, l'ours croqua et broya sans encombre la boîte crânienne de la quinnat, se délectant bruyamment des jus, sang et cervelle de la trépassée. Un rayon de soleil baignait pittoresquement la scène du carnage. Les bouillonnements d'eau vive lançaient une joyeuse mélodie confortant le grizzli dans sa pause gourmande et la décapitation fut consommée.

C'est cet instant que choisit Thunder pour revendiquer sans gêne ni frousse sa part du butin auprès du colossal roi des forêts, lequel avait déjà commencé d'amoindrir goulûment sa dépouille depuis la queue. La qimmit aboya depuis les fourrés où elle s'était prudemment mise à couvert, ce qui fit sursauter la fourrure sanguinolente en pleine goinfrerie. Lâchant son plat de résistance, le grizzli vira en direction de la chienne dans un terrible grondement, se dressa sur ses pattes arrière et rugit de toutes ses salives en dévoilant l'émail de ses superbes crocs. Mais, forte de ses 10 ans d'âge yukonnais, Thunder en avait vu d'autres. Usant d'un tour de passe qu'elle maîtrisait à la perfection, la chienne attira l'ursidé mécontent dans les bosquets, le contourna ventre à terre dans un ingénieux demi-cercle puis, après avoir répété l'opération trois fois, estima que le grizzli était suffisamment éloigné de la rive où elle s'en fut disposer de sa pitance. Sans prendre le risque de subir un retour de griffes, la qimmiq sectionna deux parts dans les restes du saumon, avala sa ration et les oreilles basses, s'enfuit avec celle de sa maîtresse en gueule. Trois minutes plus tard, lorsque maître grizzli repassa la truffe hors des buissons où il s'était attardé distraitement pour grappiller quelques baies, ce fut pour constater que l'ultime partie de sa proie... s'envolait.

Après avoir tournoyé au-dessus du col Tombstone, le pygargue à tête blanche écarta cette aire d'atterrissage familière de ses plans. L'agitation humaine qui régnait au sommet de la montagne ne prédisait rien de reposant pour la femelle et ses 2,3 m d'envergure. Frustrée de devoir différer sa pause matinale, elle piqua en direction d'un rang de mouflons pour les agacer et vérifier s'il y avait parmi eux un petit jeune à emporter. C'est à ce point que le volatile perçut en contrebas la pièce saumonée abandonnée près du ruisseau, en même temps que le sillage du qimmiq s'éloignant dans les fourrés avec l'ursidé à ses trousses. Ce matin, la femelle était de corvée alimentaire tandis que son mâle paressait au nid à surveiller leurs deux oisillons. Elle saisit donc sa chance, fondit vers la rive et dans un rebond, repartit avec la fin du saumon entre les serres. Satisfait, le pygargue n'attendit pas les lamentations grondantes de compère l'ours, se contenta de narguer le détroussé en l'aspergeant des jus poissonneux qui s'écoulaient du tronçon plein d'œufs, avant de prendre de l'altitude et de mettre cap vers son nid. En survolant à nouveau les pentes de la montagne, le rapace s'étonna d'un carambolage qui semblait opposer les mouflons agacés au groupe d'humains entrevu au sommet. Quelques cris montèrent, les humains déboulèrent, et les mouflons galopèrent en reprenant leur diagonale.

De retour au nid, madame servit l'énorme steak de quinnat aux petits morfals, tandis que monsieur, rappelé à son devoir, fut expédié en ronde de nuit. L'aube suivante, parmi les arêtes et fragments de moelle épinière nettoyés plus blanc que blanc par ses affamés rejetons, maman pygargue découvrit avec étonnement la pépite, aussi jaune et rayonnante que ses propres yeux. Comme son compagnon regagnait le camp de base avec un castor, après l'avoir soupesé à l'aide de son puissant bec, la femelle enserra le galet et s'envola prendre son quart. Correctement largué, le pesant objet pourrait bien assommer un lièvre, voire un jeune caribou ou un louveteau, épargnant au rapace une perte de plumes au contact de l'ennemi.

Le campement s'éveilla à la première heure du jour, traversé par des filets de brume. L'air était chargé d'humidité, les insectes suceurs de sang voltigeaient déjà sous un ciel laiteux. À moitié détrempée, malgré l'épaisseur de sa couverture, Isaac Jr. mit de longues minutes à faire repartir le feu. Thunder achevait au sec ses victuailles poilues sous un bouleau, Charlotte prépara le café ainsi que des poignées de fruits secs pour trois. Lola, qui avait passé la nuit à dompter des déferlantes salées et à engloutir des biskotx aux cerises noires, suggéra avec insistance de trouver un point d'eau où se toiletter. Puis, après avoir livré quelques conseils d'orientation et souhaité bonne continuation aux trekkeuses, Isaac Jr. partit de son côté avec sa chienne. La descendante Hän comptait opérer un détour par le lac où l'équipe de tournage amochée devait être secourue, histoire de ne pas être éventuellement poursuivie à Dawson pour non-assistance à personnes en danger.

— *Hé, j'aurais peut-être aussi un vol retour gratis et un autographe de Chaplin*, plaisanta-t-elle de sa voix rauque, *hein, Thunder, ça doit bien se revendre aux touristes, hoho!*

— *Ouais, ben elle est pas trop polie, sa chienne*, chuchota Lola. *Elle a laissé la tête d'un castor sous l'arbre où j'allais faire mes besoins. C'est pas des manières et ça risque d'attirer des bêtes pas sympas... Allez, on dégage nous aussi ? Faut que je me lave, ça urge.*

Tandis qu'Isaac Jr. s'évanouissait dans une nappe de brume en sifflotant, Charlotte acheva de replier la tente, éparpilla les braises dans les herbes mouillées, puis les deux marcheuses quittèrent les lieux. Elles joignirent bientôt un petit sentier indiqué par la guide, qu'elles devaient suivre à travers une forêt de bouleaux avant de retrouver une voie plus large figurant sur leur carte. Cette dernière piste les mènerait au lac du premier point de ravitaillement. Sous réserve de maintenir leur rythme de progression, d'ici deux jours, Charlotte aurait accès à une radio et pourrait suivre ainsi les premiers essais du GP d'Azerbaïdjan.

En milieu de matinée, alors que le ciel s'était dégagé et que les marcheuses n'avaient toujours pas croisé de point d'eau — ce qui renfrognait Lola —, Charlotte s'arrêta et désigna sur leur gauche, à trois enjambées de la piste, une mignonne clairière ensoleillée.

— *Dis, on sort un peu de l'ombre ?* proposa-t-elle. *On se tire une bûche, j'en roule un p'tit, on bronze cinq minutes et on repart, ça te va ?*

Prenant le haussement d'épaules de la surfeuse pour un oui, Charlotte quitta donc le sentier vers le petit rond de nature rayonnant tapissé d'arbustes à baies. En suivant cet appel idyllique à la pause ensoleillée et au succulent *Citrique électrique*, les randonneuses ne purent apercevoir, cinq mètres plus avant sur la piste, les signes d'une mise en garde évidente. De fait, une Isaac Jr. de ce monde ne s'y serait point trompée : au vu des troncs de bouleau lacérés et truffés de longs poils gris, l'escale eût été promptement reportée et la foulée sans ménagement quintuplée... Mais déjà, Charlotte roulait son joint en ricanant à propos de tout ce que ratait son immobile moitié montréalaise, et Lola faisait récolte de bleuets, espérant ainsi renouer avec ses pâtisseries basques rêvées. L'instant d'après, sous l'effet de la fumette herbacée, les coéquipières pouffaient à gorge déployée en plissant les yeux sous la douceur solaire.

— *Oh, une marmotte, regarde !* se retint de crier Lola en pointant la bestiole qui venait de prendre son relais dans la cueillette des baies.

— *Elle est donc ben cute,* sourit Charlotte, *tu devrais essayer de la flatter, haha...*

À ce moment très précis, environ 100 mètres à leur verticale, la femelle pygargue repéra également le joufflu rongeur et laissa échapper de ses serres son étincelant galet.

La marmotte, qui s'était prémonitoirement figée, la gueule pleine, n'eut pas le temps d'adresser ses adieux aux deux admiratrices. Sa petite tête explosa en même temps que l'intégralité de son frêle squelette dans un fracas sourd. Mieux qu'un jouet en caoutchouc dont on chasse l'air, le rongeur émit un bref couinement. Le choc fut à ce point dru que la pépite resta imprégnée dans le défunt mammifère, comme prétentieusement présentée dans un écrin de fourrure.

Bouche bée et doutant de la fiabilité de leurs sens après ce qu'elles venaient d'inhaler, les randonneuses se regardèrent incrédules. Trônant sur sa descente de lit miniature, la pépite énorme envoyait ses mille feux, éblouissant avec insolence les bleuets, la clairière, les bouleaux et toute la flore alentour.

— *Ostie, c'est quoi ça ?* lâcha Charlotte en se levant. Et, regardant spontanément en l'air, elle eut juste l'occasion d'apercevoir les ailes de la rapace bombardeuse disparaître derrière la cime des arbres.

Hypnotisée, Lola traversa la clairière, les yeux rivés sur l'objet brillant, le ramassa en essuyant les restes de la marmotte écrabouillée comme on réconforte un chat dérangé. Puis, tendant la pépite gluante de sang et bleuets dans la direction de Charlotte, la Basque balbutia :

— *Copine, le Yukon nous est tombé sur la tête ! Bingo ! Juste ciel, nous sommes riches, haha !*

Lors de la rencontre météorique dorée avec la marmotte, environ deux mètres en périphérie de la clairière, maître grizzli achevait de se gratter la bosse contre un tronc qu'il avait préalablement travaillé aux griffes. Depuis son festin saumoné gâché, l'ursidé avait déambulé son mécontentement sur des kilomètres et successivement passé son écœurement sur un mouflon paumé et un cougar distrait. Comme le monstre s'apprêtait à collecter sa collation matinale de baies, il fut surpris par les gloussements de Lola devant sa drôle de pierre lumineuse. L'instinct éclairé de la bête hésita une fraction de seconde, mais sa cervelle consensuelle opta pour le mode attaque — qui s'avérait le plus sage des modes protecteurs. En un éclair, maître grizzli jucha donc ses 300 kilos sur ses

CONTES BOUGONS

membres arrière, prit trois mètres de hauteur pour mieux régler la situation, et entra en scène.

La bête asséna à Lola un tel coup de patte, que sitôt rendue définitivement inconsciente et sans avoir l'occasion de confronter visuellement son horrifiant agresseur, la malheureuse surfeuse opéra un demi-tour sur elle-même. La foudre de l'attaque ayant figé la victime, le corps resta ainsi debout face à l'ours durant plusieurs secondes, le bras tendu et la main crispée sur la pépite. Et avant même que Charlotte ne cherche à reprendre ses esprits, maître grizzli avait sectionné puis avalé tout rond l'avant-bras de Lola, avec son céleste butin.

La fin de circuit fut moins spectaculaire, mais tout aussi triste et expéditive que celle d'Ayrton Senna dans son virage d'Imola. Charlotte chercha vainement le spray poivré que le cadavre de Lola portait à la ceinture, puis, passant outre toutes les recommandations qu'elle avait pu lire quant à pareille conjoncture, elle se mit à hurler et son instinct lui fit tenter un sprint. Mais après deux entrechats lourdauds, le roi des forêts yukonnaises désarticula la Montréalaise, rendant celle-ci plus molle que des gommes roses C5 Pirelli — pneus « hyper tendres ayant tendance à s'user très rapidement ». Puis, compère l'ours se contenta d'éteindre ce qui lui restait de colère en arrachant les cervicales de Charlotte et s'en retourna grogner dans les bosquets de bleuets, subitement affublé d'un mal de gorge qui n'augurait rien de bon.

En haut, tournoyant dans l'azur, le pygargue à tête blanche hésitait à descendre récupérer sa marmotte.

Drapeau noir, paddock

IL PLEUVAIT SUR MONTRÉAL, en cette fin d'après-midi juilletiste. Le bedonnant veuf de Charlotte — qui s'ignorait tel — réceptionna la caisse de bière qu'il s'était fait livrer pour éviter de se mouiller la tonsure. Dégoupillant une cannette d'*Indian Pale Ale* bon marché, le bonhomme jeta un coup d'œil à la carte postale arrivée plus tôt, sur laquelle Charlie Chaplin posait fièrement en tenue de Charlot avec une carabine en lieu de canne, sur un panorama montagneux noir et blanc. Sous la botte de l'acteur, une carcasse d'ours comme issue d'un dessin animé tirait la langue. Des lettres dorées annonçaient en français : « Bienvenue au Yukon, contrée sauvage ! » Le sédentaire satisfait lapa trois gorgées de bière, alluma la télévision et manqua de renverser sa cannette sous une salve de hurlements aéronautiques. À l'écran, enchaînant les révolutions sur leur boucle asphaltée, des bolides se collaient le train dans un ancien satellite soviétique.

— Câlisse ! y'ont pas mieux à faire, avec leurs osti d'chars et leurs maudits bruits de moteurs !

Puis, réduisant l'intensité du son tout en zappant, le rouspéteur tomba finalement sur le Radiojournal d'ICI Radio-Canada, dont la présentatrice finissait de déclamer les titres : « ... puis, nous irons au Yukon, mesdames et messieurs, non loin de la mythique ville de Dawson, où une équipe de tournage cinématographique a été secourue en urgence, preuve s'il en est que la nature sauvage est impitoyable et imprévisible... » Le mari solitaire éteignit le téléviseur en ronchonnant, mit de la musique et siffla ses autres bières jusqu'au coucher.

Trois semaines passèrent, puis une de plus que la date de retour prévue de sa randonneuse épouse. Puis deux, puis trois. Le bougre ne s'inquiéta de rien d'autre que de ses activités ordinaires et de son réapprovisionnement en bière.

Un soir ou deux ou trois, se rappelant avec étourdissement combien sa Charlotte ne tenait pas en place, il songea qu'elle était sans doute convenue de nouvelles extravagances pédestres avec sa complice de Compostelle, et que les deux girouettes avaient sans doute cédé à l'appel d'une autre échappée belle. Mais bon, à grand renfort d'IPA, il n'y avait qu'à sagement patienter jusqu'à réception d'une nouvelle carte postale.

Vers la mi-septembre, alors qu'un vague soupçon d'inquiétude commençait de le chatouiller très progressivement, l'imperturbable mari picoleur tomba encore sur un titre du Radiojournal, lequel retint son attention : « ... dans le Yukon et après la pause, on verra que cet environnement imprévisible fait parfois le bonheur de certains. C'est le cas d'une guide locale, qui a trouvé une énorme pépite d'or dans la dépouille d'un grizzli, sans doute mort d'indigestion... »

— *Ah ben tabarnak*, jura l'imbibé veuf, *y'en a qui ont pogné la bonne veine !*

Après quoi, le bedonnant vida ses quotidiennes cannettes, éteignit les lumières du petit appartement, se coucha seul en étoile, dans le très grand lit. Laissant échapper un relent houblonné sans la moindre retenue, il s'endormit bientôt en songeant avec satisfaction — et même délice — à quel point demain, il ne bougerait point, ce qui pour lui valait tout l'or du monde.

ACIDE CIORANIQUE

Écoutes paternalistes,
déclamations délatrices

— *SI LE MAL EST DEVANT, on court le rattraper ; s'il est derrière, on s'arrête pour l'attendre*, grommela le pope dans sa barbouze de jais, incliné sous une icône.

L'homme retroussa les manches de sa tunique, saisit la planche de tilleul et partit battre sa simandre à grands coups de maillet pour ameuter ce qu'il restait d'ouailles au village. Au bout de dix minutes, personne n'était venu, pas même sa femme. Les fêtes de Pâques s'annonçaient calmes, sinon maussades. À l'autre bout du pays, en la cité médiévale de Timişoara, six anciens éminents membres du parti communiste avaient publié une lettre ouverte dénonçant les excès du cordonnier Nicolae visant à rembourser la dette nationale.

Sorin était un enfant de la révolution de 1989, comme on les appelle, c'est-à-dire assez mûr pour avoir vécu les chamboulements de l'époque avec un regard adulte — s'il en est. Originaire de Sighetu Marmaţiei, une petite ville du nord-ouest de la Roumanie proche de la frontière ukrainienne, il y avait grandi jusqu'à la fin de l'adolescence. Fils unique d'une employée des chemins de fer roumains et d'un lieutenant du Service roumain des renseignements, formé à la dissolution de la redoutée police secrète connue sous le nom de Securitate, Sorin avait traversé une enfance sans histoires, sans sortir de sa région natale — à l'exception des séjours aoûtiens que la famille passait dans la station balnéaire d'Eforie Nord, sur les bords de la mer Noire. Considéré comme un élève taciturne par ses professeurs, ce que ne démentaient ni ses parents ni ses camarades, le Sorin peu causant était cependant doublé d'un volubile soliloqueur. À mi-mots, certains attribuaient l'origine de ce trait singulier à la profession du père, lequel avait passé le plus sombre de sa carrière à la solde de la Securitate. Comme on ne parlait pas à la maison et qu'il fallait éviter de causer en dehors, le jeune Sorin se contait sa propre existence à lui-même, commentait dans son coin ses affaires, sentiments et émotions, à l'instar des possédés galvaudés par les films d'horreur occidentaux.

L'atmosphère régnant alors au pays oscillait entre suspicion et paranoïa. Mine de rien, les drôles d'habitudes du jeune homme s'étaient enracinées dans son quotidien. Sorin causait seul à la moindre occasion et pratiquement en tous lieux, ce qui lui valut plus d'un revers et renforça sa solitude au sein du microcosme rudimentaire que constituait la ville de Sighet. Le qu'en-dira-t-on avait mené le raconteur solitaire du médecin généraliste aux consultations psychiatriques de l'hôpital, en passant par le bureau du pope — où sa mère l'avait amené en cachette.

CONTES BOUGONS

Une vieille tante un tantinet rebouteuse avait même été convoquée depuis son hameau enclavé du Maramureş, mais rien n'était venu à bout des accès discursifs du jeune homme et nul n'avait su les expliquer. Le docteur avait prescrit spiruline et gargarismes, le psychiatre calmants et bains glacés, le pope jeûnes et rosaires, la vieille tante propolis à mâcher et frictions de *palincă*... en vain. Sorin causait seul depuis son plus jeune âge et poursuivit de la sorte dans l'incompréhension des professionnels de tous bords, de ses proches et de ses semblables, lesquels finirent tout bonnement par accepter puis oublier cette éloquente originalité.

Sorin ne savait rien des activités de son paternel, sinon que celui-ci avait eu maille à partir avec nombre d'habitants de la région, notamment à cause des visites nocturnes qu'il rendait chroniquement dans la prison de la ville. Les rumeurs prêtaient au *sécuriste* un don machiavélique pour l'interrogatoire, et ses talents permettaient d'obtenir réponse à toute question non formulée, dans des délais records, sans laisser de traces visibles sur l'enveloppe charnelle des passés aux aveux.

— *Le silence n'est pas toujours d'or,* radotait parfois le père lorsqu'il avait trop bu, *parfois on gagne tout à causer...*

Loin de tomber dans l'oreille d'un sourd, la formule semblait avoir trouvé un parfait écho chez Sorin, qui ne ménageait pas ses efforts pour l'appliquer. Comme le garçon grandissait en perpétuant ses interminables séances de soliloques, le père prit l'habitude de l'épier. Par cet exercice relevant du zèle professionnel, le sécuriste entendait cerner quels sujets abordait son fils et jauger à quel point son attitude pouvait nuire à la sûreté nationale dont il était garant. Ainsi, le père passait de longs instants l'oreille collée à la porte de la chambre de son fils, ou affrontait les éléments à l'extérieur de sa propre demeure, posté sous la fenêtre de la salle d'eau tandis que Sorin procédait à sa toilette. Par météo clémente, le lieutenant s'embusquait derrière le puits au fond du jardin, où son fiston allait rêvasser après l'école. Pendant des mois, le père ne perçut aucun motif d'inquiétude ni de soupçon. Le garçon se racontait des journées semblablement tièdes, sans grand évènement autre que les friponneries de ses camarades des deux sexes, des racontars estudiantins, ou encore des avis de lectures relatifs aux manuels scientifiques qu'il avalait avec gloutonnerie. Un soir cependant, alors que Sorin venait de fêter son 13e anniversaire, le sécuriste décela au cours du brossage de dents de son rejeton quelques propos qui vinrent lui mettre la puce à l'oreille quant aux dérives possibles de son mode d'expression :

— Aujourd'hui en classe, j'ai trouvé pertinent le manque de loyauté de notre professeure de chimie envers le génie de notre Conducator et de sa Lenuṭa. L'esprit critique est aussi nécessaire à la science que les oignons verts à la salade d'aubergines de ma chère maman. Après tout, les grands chimistes de ce monde ne sont pas seuls fruits de nos Républiques socialistes, moins encore leurs découvertes. Certes, notre éminente camarade docteure-ingénieure Elena Ceauṣescu a prouvé ses émérites qualités de chercheuse sur la scène internationale, mais comme le suggère Mlle Rădulescu, ses travaux primés sur les polymères doivent beaucoup, sinon tout, à nombre de petites mains et autres esprits géniaux relégués à l'ombre des laboratoires...

Il n'en fallut pas davantage pour faire tressaillir l'espion patriarche et le plonger sous un tsunami d'émotions suspicieuses. Écoutant son instinct sécuriste plutôt que la suite du monologue filial, le lieutenant s'empressa d'aller apaiser son tympan heurté par l'infamie des propos reçus. Il envoya deux hommes de main récupérer la professeure traîtresse à son domicile la nuit même. Celle-ci fut remplacée le lendemain matin par une plus sûre consœur expressément conviée depuis Polytechnique de Bucarest, et définitivement excusée pour cause administrative de « maladie soudaine ». Les mêmes hommes de main tinrent un peu plus tard celle du chef d'établissement pour rédiger une note destinée aux parents d'élèves, évoquant la « réaffectation de Mlle Rădulescu dans une base militaire de Moldavie pour motifs impérieux relatifs à la sûreté nationale ». En réalité, la malheureuse fut confinée dans un très étanche cachot du pénitencier de Sighet. Tous ses anciens élèves — Sorin compris — passèrent donc quotidiennement, sans le savoir et des années durant, à quelques mètres de l'enseignante engeôlée.

Quelques années passèrent, quelques professeurs de différentes matières furent remplacés, mais l'attrait de Sorin pour les sciences et la chimie ne faisait qu'augmenter. Ses causeries avec lui-même, dont la durée quotidienne s'allongeait, étaient devenues partie intégrante de ses études. En revisitant verbalement ses heures passées en cours, Sorin cultivait une étonnante faculté à la rétention informative et l'apprentissage lui devenait pour ainsi dire un jeu d'enfant. *Les Lettres* d'Eminescu, les démonstrations mathématiques, les équations physiques et les formules chimiques étaient ressassées à voix haute après avoir été enseignées, pour finir gravées dans la mémoire hors pair de

Sorin. Au-delà des états d'âme qu'elles exprimaient, les séances de monologues permettaient désormais à leur auteur de porter sa candidature à différentes Olympiades de chimie et de s'y voir couronné de succès aurifères. À l'aube des chamboulements de 1989 et du haut de ses 17 ans, Sorin fut donc invité sans surprise et avec insistance à rejoindre les bancs de la prestigieuse école Polytechnique de Bucarest. Sous la veille au grain du père, sa progression scolaire avait été généreusement ponctuée de dommages collatéraux, balisée par l'écartement d'ennemis du peuple en tous genres. Mais en assouvissant son enclin à se raconter l'existence et concentré sur son ascension estudiantine, Sorin ignorait parfaitement sa contribution à la prolifique carrière du père et à diverses formes d'épurations.

— Pauvre Raluca, pas facile pour elle de réussir les examens avec sa mère qui tente d'organiser un franchissement du Danube pour gagner l'Occident. Le régime de natation forcée l'épuise au point de dormir en classe... Un peu comme Dan et Dorian, qui s'entêtent à vouloir améliorer le sort de leurs familles en revendant des paires de jeans en provenance d'Istanbul ou du café arménien ! Les malins ont beau fumer des Kent et organiser des soirées cinéma avec des cassettes VHS françaises, leurs trafics occupent toutes leurs nuits, tandis que d'autres révisent. Le vieux veilleur de nuit Ionuț en sait quelque chose, puisqu'il risque son poste en stockant leurs contrebandes dans un cagibi de la bibliothèque municipale. C'est fou, comme ce monde perd son temps... Ah, mais cette après-midi, je suis bien content d'être passé par la Covrigaria Eroilor. Quand on achète trois bretzels et qu'on glisse un dollar à Ioana la vendeuse, elle ajoute un sachet de pistaches ou de vraies noix de cajou, quel délice ! Mais bon, la gourmandise coûte cher

CONTES BOUGONS

149

et il faut toujours aller voir les changeurs à la sauvette de la gare, pour obtenir les billets verts à prix d'or...

Pareils morceaux monologués valaient au lieutenant sécuriste autant matière à résultats que trois informateurs temps plein. Il n'avait qu'à patienter, laissant traîner son ouïe affûtée le long des fleuves discursifs, pour y faire son renseignant marché. Tout finissait toujours par être dit, avec désignations et détails, noms et descriptions, adresses et méthodes, horaires, devises et montants. Et si le quotidien conté de Sorin n'avait été à ce point pollué par des heures de répétitions académiques, celui-ci serait sans doute devenu à ses dépens — pour la gloire de son père — la meilleure source informatrice de toute la Roumanie. Mais voilà, bien avant ses collègues, la camaraderie, les amourettes et les distractions de toutes sortes que prisaient les gens de son âge, Sorin se vouait d'abord à la chimie. Cela n'empêchait nullement son paternel de glaner motif à surprendre ici et là des ennemis du peuple, mais les prises restaient relativement sporadiques et proportionnelles au temps d'écoute que le gradé pouvait consacrer aux élancées orales du fils. Toutefois, les espoirs du sécuriste reprirent du poil de la bête lorsque Sorin décida de poursuivre sa destinée chimiste dans la capitale. Pour sûr, l'étudiant croiserait à Bucarest bien plus de monde qu'à Sighet, le campus de Polytechnique accueillant notamment nombre d'élèves étrangers. Le consciencieux père consulta donc sans tarder les ingénieurs de sa section spécialisés dans l'interception des communications, afin d'accéder au meilleur moyen de pouvoir à loisir et à distance entendre son rejeton discourir. Le choix du réveille-matin fut finalement arrêté pour installer la prouesse technologique d'alors — un micro miniature à émissions sur ondes

150   STEPHANE ILINSKI

moyennes. Après l'installation de Sorin dans sa chambre étudiante à Bucarest, des agents iraient truffer l'endroit de récepteurs en bonne et due forme. Entre-temps, le sécuriste fouineur ne manqua pas de faire jouer ses relations pour obtenir une chambre particulière dans la résidence étudiante, afin d'optimiser les dispositions propices au monologue.

À la fin de l'été 1988, Sorin débarqua donc Gare du Nord, avec une valise de frusques, deux sacs pleins de bocaux de vivres et de livres. Profitant de ses avantages d'employée des chemins de fer, sa mère avait organisé son ravitaillement alimentaire hebdomadaire et comptait lui transmettre des colis mitonnés par ses soins en les confiant directement aux cheminots depuis Sighet.

Une semaine avant la rentrée scolaire, le causeur solitaire découvrit pour la première fois ce qu'est une grande ville, avec son tumulte incessant, ses flux de visages inconnus, le brouhaha des transports en commun, les innombrables commerces, parcs et avenues. Depuis l'Arc de Triomphe jusqu'à la Maison de la presse libre, en passant par la Place de l'Université ou le fameux iceberg en chantier appelé à devenir Maison du peuple, Sorin se sentit d'emblée envahi par un sentiment de grande fierté patriote : lui aussi, faisait partie de cette vaillante nation menée par son vaillant génie et à l'origine de ces vaillants chefs-d'œuvre ! L'œil enivré par tant d'allégories urbanistes, Sorin acheta un sachet de graines de tournesol rôties à un vendeur ambulant, et fit étape sur un banc de la « Rotonde des écrivains », dans le pittoresque parc *Cişmigiu*. Là, à droite de la statue du grand Caragiale, regardant les promeneurs et songeant aux promesses de la grande Roumanie, Sorin prit la décision solennelle de servir son pays. Plus tard, regagnant sa chambre, le jeune homme ne manqua pas de récapituler verbalement sa journée — et la révélation de sa vocation soudaine —, pour le plus grand ravissement du père, également satisfait par la qualité du dispositif d'écoute dans le réveille-matin.

Émulations réactives, rencontre botanique

L'AUTOMNE S'ACHEVAIT, les polytechniciens trimaient, des rumeurs montaient dans les rues à l'encontre du pouvoir, Sorin excellait dans son nouvel environnement académique. Ses professeurs le louaient déjà, certains collègues jalousaient ses talents et d'autres s'y référaient volontiers lorsque pointait le doute ou l'incompréhension dans leurs travaux. Depuis son poste d'espionnage de Sighet, le lieutenant suivait avec attention les influences professorales de son fils, notant la recrudescence d'un nommé Mircea Chimerescu dans les récapitulatifs de Sorin. Ce directeur de laboratoire de chimie organique, dont l'aura internationale exerçait une fascination évidente chez l'élève soliloqueur, constituait un caillou grandissant dans le bottillon du sécuriste. Bucarest était alors pavée de dissidence et les services chargés de sa détection et de sa réprimande, pour ainsi dire sur les dents. Malgré des effectifs thessaliens, un réseau de taupes tentaculaire, des équipements technologiques moscovites et un savoir-faire roué, la Securitate peinait à la tâche. Au palais présidentiel, à l'Assemblée, dans les couloirs des administrations, certains bruits promettaient le corps de police à une dissolution prochaine, et ses têtes à de sanglants guillotinements. Reclus dans son coin au nord, le père de Sorin avait perdu le peu de sommeil qu'il s'autorisait et, comme en proie à une subite fuite en avant, il redoublait les arrestations arbitraires, les interrogatoires musclés et les recels de cadavres. En d'autres termes, le sécuriste prodiguait son zèle féroce avec ferveur, pour le plus grand malheur de la population, des innombrables « terroristes » et autres « espions » dont celle-ci était supposément marbrée. Fin novembre, Sorin relaya malgré lui certaines confirmations à son paternel :

— *Deșteaptă-te, române !* Il entonna dans sa chambre les vers de l'hymne national. *L'heure du réveil a sonné sur toutes les lèvres. Ça siffle un vent prometteur, dans la cafétéria, les amphithéâtres, les labos, dans les cages d'escaliers. Certains collègues racontent qu'un soulèvement s'organise et que plusieurs professeurs s'y joindraient. D'ailleurs, Chimerescu appelle à demi-mot à l'insurrection. Selon lui, les budgets alloués par les ministères pour le programme des bourses et des échanges internationaux qu'il dirige sont depuis des années à la remorque, comme notre Leader qui nous affame en voulant coûte que coûte renflouer les caisses de l'État. Il est vrai que les magasins ne croulent pas sous les marchandises, que les rayons sont aussi vides que les files d'attente sont longues. Heureusement que ma chère mère m'envoie ses bons petits plats et que mon cher père use sa santé nuit et jour pour mettre du pain sur notre table. Le pauvre n'est pas récompensé à hauteur de ses sacrifices pour la sûreté du peuple, nul n'a idée du cœur qu'il met à l'ouvrage pour préserver le bien-être d'autrui... Se tuer à la tâche participe certes d'une vision communiste, mais, comme*

CONTES BOUGONS

Chimerescu a coutume de le rappeler: « nulle tâche ne s'exécute mieux que vivant ! ».

Le sécuriste eut à peine le temps de digérer les bavardages du fiston et les comptes rendus alarmistes provenant de toutes parts, que le mois de décembre tonna et déboula, pareil à une monstrueuse avalanche. Chimiquement, cette période d'ordinaire festive bercée de *colinde* de Noël prit la forme d'une réaction exothermique violente dont les déflagrations n'épargnèrent pour ainsi dire personne et chamboulèrent durablement le destin de la nation — bientôt privée de son conducteur chauffard. Les rues de plusieurs grandes villes s'emplirent de mécontents affamés, après avoir joué la girouette et opéré quelques malheureuses manœuvres de chars, l'armée vint finalement soutenir la foule. La Securitate tenta de sauver le couple dictatorial en même temps qu'une poignée de meubles de ses palais, ses agents profitèrent de l'anarchie ambiante pour procéder à des éliminations sommaires. Les mêmes sbires firent disparaître documents et réfractaires dans un même temps. Partout, des règlements de compte internes fournirent leurs lots de cadavres introuvables et de victimes non identifiables. Des charniers équivoques furent mis à jour pour charger davantage l'institution du père, lequel s'était d'ailleurs retranché avec armes, archives, cyanure et femme chez sa sœur — à un pont de l'Ukraine.

Chimiquement, la dissolution régna des semaines entières, l'ébullition se propagea pour gagner le plein territoire. Après un salut aux gueux râleurs semblant à des adieux de pacotille, un héliportage expéditif emporta les canailles dirigeantes loin des éclats bucarestois. Les oppresseurs en fuite firent un brin de tourisme rural en

Dacia, avant d'échouer en planque dans une école. La suite, inscrite dans les manuels de l'Histoire mondiale, fut une composition de fatras fratricides, de procès discutables, de purges et de peines arrangées par des hommes de paille — souvent épouvantails —, et de nouvelles descentes de loustics mineurs en vue de calmer les ardeurs de la rue.

Dans le tumulte et les révoltes, malgré quelques malencontreuses inhalations de gaz lacrymogènes et des bousculades endiablées, Sorin soigna surtout sa studiosité, son amour pour la nation et son art de l'autonarration factuelle. Depuis leur retraite contrainte, ses géniteurs usèrent quant à eux des vocalises filiales retransmises par le réveille-matin comme lien informatif jugé fiable, ce qui leur évita de sortir trop prestement à découvert.

À l'instar d'un fruit trop mûr titillé par le soleil, le pays finit par éclater, révélant sans pudeur ses entrailles aux journaux télévisés de la planète. Après quoi, suivant l'adage « rien ne se perd, rien ne se crée (...) », les temps changèrent au bout de quelques années.

Selon toute attente, Sorin était devenu professeur doublé d'un chercheur en chimie. Son père, anéanti par la refonte de la Securitate, était devenu dur d'oreille et ne l'écoutait plus depuis belle lurette. Sa mère avait quant à elle demandé que son corps puisse bénéficier des derniers sacrements et la façonneuse de *sarmale* devant l'éternel reposait joyeusement dans le petit cimetière joyeux de Săpânța, connu pour ses stèles ironiques relatant vies et morts des défunts. Célébrant en peintures ses virtuosités culinaires, sa stèle jouxtait celle d'un chasseur par un loup chassé et celle d'une jeune mariée empoisonneuse fatalement intoxiquée. Quoique passablement sénile, le père avait depuis longtemps pris ses dispositions et réservé une sépulture pour sa personne, située à deux rangs de son épouse. Usant de ses relations d'antan et à l'encontre des us et coutumes, il avait également commandé l'illustration de sa propre stèle, sur laquelle le futur visiteur pourrait contempler les exploits surhumains d'un défenseur du peuple foudroyant les projets invasifs occidentaux. Le lieutenant avait poussé le vice jusqu'à se faire représenter en mâchouillant du laurier et brandissant vers un moustachu en haut-de-forme vaguement Monopoly une balance, les yeux bandés. La sépulture incongrue devint au fil des ans l'une des plus photographiées du cimetière joyeux par lesdits ennemis occidentaux, et placardée dans de nombreux médias à grand renfort de commentaires ironiques.

Suivant le cours de son existence professorale, Sorin continuait d'exercer ses soliloques récapitulatifs journaliers. Son épouse et ses deux filles en étaient parfois seules témoins. Il avait rencontré sa tendre moitié lors d'une promenade au jardin botanique, dans lequel il aimait réviser ses formules, les fins de journées estivales. Professeure de littérature dans un lycée bucarestois, Luminiţa venait de Iaşi, où elle était née et avait suivi ses études jusqu'à sa première attribution de poste dans la capitale. Perdue au sein d'une modeste famille de cinq enfants aux parents ouvriers, Luminiţa avait été une élève et une *pionnière* remarquables. Elle avait de façon précoce fait preuve d'une ardeur sans faille, sur le plan scolaire comme en termes de récitations patriotiques ou de dénonciations des camarades sujets à mauvaises pensées.

Lors de l'une des venues du *Conducator* à Iaşi, Luminiţa avait présidé l'accueil réservé par les pionniers moldaves au Saint Meneur, et s'était vue gratifiée par le Cordonnier des Carpates en personne d'une décoration couronnant « 100 dénonciations au service du peuple ». La prestigieuse marque de reconnaissance fut doublée d'une promotion, et la jeune fille devint « pionnière d'avant-garde », jouissant jusque tard dans l'adolescence d'une ascendance reconnue unanimement sur ses malheureux camarades — de jour comme de nuit, en classe comme à la campagne.

Durant cette première carrière vouée au strict suivi du dogme, à la rectitude socialo-sociale, à la réprimande et aux remises dans le droit chemin de ses prochains, Luminiţa se découvrit aussi un penchant pour les lettres. Elle commença par rédiger un journal tenant registre des infractions commises par ses collègues de bancs d'école, puis s'escrima à composer un guide en vers et contre tous du camarade sans reproche, avant de finir par des poèmes stigmatisant la pugnacité maline des déviants au régime. Contraignant une demi-douzaine de camarades à volontairement l'accompagner sur scène à l'occasion de la remise des diplômes du baccalauréat, Luminiţa connut un succès mitigé devant l'ensemble obéissant de sa promotion, quelques professeurs mi-figue mi-raisin, un recteur de circonstance et trois représentants du parti toussotant. Suivie par ses affidés désignés qui chantaient comme s'ils avaient une baïonnette pointée sur le postérieur, Luminiţa interpréta sa louange aux pionnières :

« J'ai choisi la cravate, car je suis une pionnière.
S'ils veulent porter la jupe, je ne suis pas leur mère !
Comme toutes les femmes, je suis une pionnière,

CONTES BOUGONS

Demain, je couperai leurs envies tortionnaires,
Au nom d'Elena, ô la preuse guerrière
Et de son Nicolae dont on est si fiers,
Comme toutes les femmes, je suis pionnière !
J'ai choisi la cravate, ce n'est pas pour leur plaire
Mais mieux serrer leurs parties et les faire taire !
Comme toutes les femmes, je suis une pionnière
Et vous, les gars, surveillez vos manières ! »

La mollesse des applaudissements mécaniques qui s'ensuivirent et les moues embarrassées du public, loin de renfrogner la pionnière cantatrice, eurent pour effet d'allumer en elle une sourde colère des plus militantes. *Même en marche socialiste,* songea Luminiţa, *nous restons dans le plus infâme pionnietariat masculiniste ! Au lieu de magnifier la Patrie par celles qui la font, on se cantonne à se pâmer devant ceux qui ne sont qu'ouvriers exécutants à son service. C'est cependant elle qui enfante, qui nourrit, qui élève et incarne le combat de l'humanité contre l'asservissement capitaliste !*

Mais avec la fin lamentable de l'héroïne du peuple *Lenuţa* et de son pantin conjoint, la révolution de 1989 vint étrangler les aspirations visionnaires de la pionnière avant-gardiste d'un cinglant nœud de cravate.

Survivant dans le chaos, un ex-prétendant de la Chimiste nationale prénommé Ion tenta de rétablir le cap vers le soleil levant, à l'aide d'une bande de connivents. Après quelques bredouillements passéistes vendus à la population pour des odes à la liberté et nombre de magouilles, Ion déposa les armes à son tour pour sauver sa tête ainsi que ses économies. La chute dictatoriale fut définitivement sonnée, ouvrant à sa suite les vannes occidentales d'un libertarisme déchaîné.

Dans une allée du jardin botanique de Bucarest, donc bien après l'arrivée des premiers *fastfoods* et autres supermarchés au pays, Luminiţa était absorbée par la lecture du poète George Bacovia, lorsque son attention fut attirée vers un bosquet. Elle songea d'abord à un comédien récitant son texte à voix haute, puis piquée de curiosité, elle s'approcha des buissons dissimulant le causeur et tendit l'oreille.

— Les sciences et l'éducation se portent bien mal, en notre sacrifiée république ! Ah, mes élèves, mes confrères, chers universitaires, ô ministères, que ne songez-vous à fonder une chaire représentative de cet état déclinant sans cesse ? Puisque nous avons si bien su nous défaire de notre père et de notre mère, que nous avons ensemble brûlé nos précieux héritages jusqu'à ce qu'oubli s'ensuive, que les chevaliers teutoniques et notre valeureux Vlad voient leur forteresse érigée contre les Turcs reléguée à une marque de cigarettes — et que ce mercantile enfumage a pour prétention ultime d'annihiler nos chères et éclatantes Carpates —, eh bien, quelle idée magnifique ferons-nous prochainement germer ?

Assis sur la pelouse à l'abri des regards dans sa blouse de labo, Sorin envoyait ses plaintes à la nature jardinée, les yeux clos comme en séance méditative. Aussitôt froissée par l'apparent a priori machiste des genres employés, Luminiţa trouva cependant un charme certain aux relents patriotiques d'antan dont le discours était empreint. La jeune professeure s'accroupit sous un petit frêne à fleurs qui surplombait le bosquet pour continuer d'assouvir sa curiosité.

— *S'il est une constante qui persiste en ces tristes jours, c'est bien la dissociation,* poursuivit Sorin en retroussant les manches de son blanc de travail comme pour se mettre au labeur. *Nos grands idéaux politiques? Éclatés! Nos plans quinquennaux? Éparpillés! Les lumières de nos aînés pour éclairer notre jeunesse? Enfuies! Ah, pauvre Emilian Bratu, notre génie chimique, et pauvre de nous! Nous voilà tout dissociés, en peuple, en cœur, en patrie. Il nous faudrait remonter le fil du temps pour sagement ne commettre tant d'erreurs...*

À cet instant, Luminiţa fut saisie de chair de poule, songeant que par magie, le discoureur aux yeux fermés — qu'elle trouvait verbalement à son goût — allait effectivement voyager sur-le-champ vers une époque lointaine, où elle le retrouverait dans une étreinte avant de s'éteindre amoureusement sur la lune. Mais elle revint d'un coup sur terre à l'écoute de l'énonciation moins romantique dans laquelle se lança Sorin:

— *On nous a fait brader notre âme valache, nos cœurs daces, nos sangs voïvodes et nos trésors thraces pour une poignée de billets verts! Nos monastères de Bucovine, nos pâturages du Maramureş, nos vignobles de Cotnari, nos Portes de fer et nos forêts transylvaines, oust, liquidés pour des visas européens, américains, canadiens! Les bras de nos fiers travailleurs sont partis balayer à l'Ouest pour deux bouchées de pain de mie, nos filles proposer leurs charmes contre un tour — un jour peut-être — à Disneyland, tandis que nos malheureux aînés errent dans le musée du Village*

avec l'espoir d'y recouvrer quelque mémoire digne de ce nom.
Ah, saint Étienne le Grand, tu n'as plus d'armée à unir, ton
pays déserteur t'a tué! Ton pauvre pays transfiguré! Que le
dernier à quitter notre naufragée nation mouche la
chandelle avant de passer la frontière.

Sorin se lançait dans le passage en revue de sa journée au laboratoire lorsque Luminiţa s'approcha de lui, les yeux écarquillés. Puis, posant doucement la main sur son épaule, elle dit d'une voix ferme :

— *Camarade, j'entends votre désarroi comme je*
comprends l'état de neurasthénie patriotique qui vous
possède, mais ressaisissez-vous! Songez aux mères, aux sœurs,
aux filles, aux travailleuses qui, après avoir porté dans
l'ombre les oriflammes de notre grand pays, ont été laissées
le nez dans le ruisseau! Quelle récompense ont-elles perçu,
sinon l'amer privilège de se voir poussées en première ligne
lors de ce grand fiasco? Allons, redressez-vous, camarade!

Interloqué, Sorin ouvrit les yeux. La sensation intrusive de se voir déranger en plein monologue ne l'effleura qu'un bref instant. Subjugué tant par la jeune professeure qui le jaugeait que par les mots qu'elle venait de lui adresser, tiraillé par de singuliers déséquilibres intérieurs, le chimiste demeura bouché bée une longue minute. Puis, il se releva et sans grandes manières invita Luminiţa à aller boire un café.

Mutations somatiques,
leurres livresques

LES FILLES AVAIENT fini par enterrer une longue et tumultueuse adolescence, laissant leurs parents sonnés comme après un tour de manège à sensations, un peu plus vieux, un peu moins enclins aux certitudes. L'aînée, Angela, entamait un doctorat à l'Université nationale des arts théâtral et cinématographique en vue de devenir productrice et travaillait les soirs et fins de semaine pour une chaîne de télévision grand public. La plus jeune, Roxana, avait obtenu une bourse afin de commencer ses études de médecine à la prestigieuse université McGill de Montréal, où elle s'apprêtait à partir. Sorin, profitant largement de ses occupations professionnelles pour fuir les péripéties trépidantes de son « poulailler » foyer — comme il l'appelait —, avait tiré profit de la dernière décade pour prendre de nouveaux galons à Polytechnique. Il dirigeait désormais plusieurs labos de recherche, et quelques-unes de ses publications lui avaient valu des distinctions internationales. Quant à Luminița, restée malgré elle en phase plus étroite avec le quotidien de la maisonnée qu'elle portait à bout de bras en plus de sa carrière d'enseignante, elle semblait simplement épuisée. Lassée de voir ses aspirations pour les femmes tour à tour négligées par le socialisme, bafouées par la révolution, puis piétinées par le capitalisme, l'ancienne pionnière semblait éteinte. Tristement, siphonnée des convictions furibondes qui l'animaient jadis, elle se contentait de pointer à l'attention de ses élèves et de ses filles les inégalités entretenues par le patriarcat — lequel constituait selon elle l'unique et déplorable réalité internationale. Parfois, au gré de l'actualité ou d'une réflexion glanée dans la rue, Luminița

162 STEPHANE ILINSKI

ravivait ses colères et fulminait pendant quelques minutes d'une rage lionne à faire pâlir les plus braves guerriers massaï. Mais depuis des lustres, contrainte de constater que loin d'être finale, la lutte semblait s'inscrire dans une durée don quichottesque, Luminiţa s'était résignée à méticuleusement organiser des soupapes afin de ne point exploser. Après avoir songé à se défouler dans les arts martiaux, à atténuer ses plaies militantes en abusant de vodka, ou à monter une milice figurativement castratrice, elle revint à ses premiers amours et réfugia son trop-plein rageur dans la lecture. C'est en de pareilles dispositions que la professeure se lança à l'assaut d'œuvres littéraires autrefois interdites au pays, parmi lesquelles elle noya son dévolu en les échos acides du syllogisticien en chef de l'amertume : E.M. Cioran.

N'étant pas dupe quant aux orientations politiques du maître pessimiste, Luminiţa heurta tout d'abord son âme à certains éléments biographiques de l'écrivain, qu'elle ressentit comme autant d'échardes égratignant sa foi. Elle formula ses plaintes à Sorin, brisant même pour ce faire l'un de ses soliloques consacrés aux échanges entre Polytechnique et diverses institutions étrangères :

— *Quand même,* lança-t-elle, *ce vilain renard légionnaire pouvait bien faire la morale, après avoir abandonné la patrie pour les fastes du Quartier latin ! Et quoi, il se vantait d'avoir mené nos lycéens à échouer au baccalauréat, drôle de philosophie instillée à notre jeunesse vau-l'eau ! Et quoi, il ne s'est pas trompé dans le domaine des noces, ah ça non, en épousant d'amour une esclave disposée sans broncher à lui servir à vie de secrétaire gratis, et dont la dot était généreuse... Pour sûr, il pouvait bien se plaindre d'être né et s'intéresser à décomposer ce qui ne l'était point encore!*

Mais bientôt, cédant à une mélancolie conjoncturelle, Luminiţa avait cessé de vilipender le pauvre Emil et lui avait même accordé toutes ses attentions lectrices. Sorin observait sa femme engloutir les volumes par nuits entières, creusant sa mine et tassant ses humeurs, annihilant tout sourire et se renfrognant avec profondeur. Parfois, il percevait des grognements que son épouse émettait, entrecoupés de longs soupirs, comme pour signifier son adhésion aux méandres dans lesquels ses lectures la plongeaient. Au fil des œuvres complètes, Luminiţa devint plus livide que la chemise fusillée du 3 mai de Goya, plus mince que l'Homme qui marche de Giacometti et à peu près aussi vive que la muse somnolente de Brâncuşi. Lorsqu'elle eut passé par les milliers d'aphorismes et qu'elle entama les *Cahiers*, Luminiţa n'était plus que l'ombre du chien de Diogène et ne pesait pas davantage qu'un sachet de *Pufuleţii* de maïs.

Les filles s'alarmèrent et Sorin convoqua pour avis un psychiatre de sa connaissance qu'il avait préalablement informé de ses inquiétudes.

— *Cioran,* commenta le médecin en haussant les épaules, *est un fléau. Prenez l'Ordre du temple solaire, la Scientologie, les Témoins de Jéhovah et toutes les sectes apocalyptiques de ce monde, ajoutez-y les accès les plus noirs de Stănescu, Ionesco et de Bacovia, saupoudrez de scepticisme amer: vous n'arriverez pas au quart de sa capacité désillusionniste! Pareilles lectures parviendraient en un temps record à convaincre un jeune en bonne santé gagnant du Loto à se défenestrer, à faire fondre en sanglots les plus aguerris bouffons, à faire péricliter dans l'œuf les plus audacieuses politiques natalistes. Aucune molécule anxiolytique ne saurait résister aux assauts corrosifs de sa tournure d'esprit. Je ne vais pas vous mentir, cher ami, la situation est sévère sinon désespérée.*

Le psychiatre prescrivit tout de même calmants et vitamines, avant de suggérer à Sorin d'accompagner son épouse loin de l'agitation urbaine, à la faveur d'une dizaine de jours de repos en campagne. Avant de quitter l'appartement, le docteur ajouta :

— *N'oubliez pas, mon cher, que les cimes du désespoir savent être perspicaces. Je vous recommande de sevrer votre femme et de lui interdire un temps tout accès à ces fleurs maladives.* Puis, se tournant vers Luminiţa, il poursuivit, *rappelez-vous ma chère, la mise en garde du comte de Lautréamont :* « Plût au ciel que le lecteur, enhardi et devenu momentanément féroce comme ce qu'il lit, trouve, sans se désorienter, son chemin abrupt et sauvage, à travers les marécages désolés de ces pages sombres et pleines de poison ; car, à moins qu'il n'apporte dans sa lecture une logique rigoureuse et une tension d'esprit égale au moins à sa défiance, les émanations mortelles de ce livre imbiberont son âme comme l'eau le sucre. »

Durant la convalescence, qui débuta le surlendemain dans une petite pension familiale de Bucovine, Sorin prit soin de distraire Luminiţa en multipliant les visites de monastères et autres vestiges historiques de la région, en marchant chaque matin au grand air, et en savourant la cuisine du terroir moldave agrémentée de *palincă*.

Les premiers jours s'avérèrent encourageants, la professeure reprit quelques couleurs au contact des fragrances fraîches émanant des forêts de pins voisines, et quelques kilos grâce aux mijotés de gibier aux champignons et soupes de tripes servies par les tenanciers. Sorin surprit même l'esquisse d'un sourire aux lèvres de Luminiţa tandis que celle-ci se remémorait l'époque pionnière avec l'hôtesse des lieux.

Tous ces modiques signes suggérant la voie de la guérison auraient pu positivement se décupler si dans sa valise, cédant à l'esprit scientifique et à la soif de compréhension qui l'habitaient mordicus, Sorin n'avait discrètement glissé *Précis de décomposition*. Entre deux promenades et trois excursions, lorsque Luminiţa bavardait avec d'autres pensionnaires ou qu'elle était occupée à sa toilette, Sorin se plongeait dans l'ouvrage de Cioran, avec l'attention sélective de celui qui parcourt une notice pharmaceutique pour identifier les effets indésirables d'un médicament. Mais en dépit de ses filtres polytechniciens bien polis, quelques aphorismes suffirent à affecter la bonne humeur du lecteur en douce, et à la grande stupéfaction de Luminiţa, Sorin partit un matin acheter un paquet de cigarettes. Ce mystère fut cependant de courte durée et la vérité ne tarda pas d'éclater littéralement à l'ouïe de Luminiţa, avec l'insoupçonnable lot de ravages qui s'ensuivirent.

— ... la préservation de cette fresque extérieure est proprement extraordinaire, tout comme l'intensité persistante de ce bleu. Quelle église, quelle merveille. Le pope qui nous a si aimablement guidés au cours de notre visite était fort instruit. À notre retour, l'aubergiste était quant à lui

déjà éméché, alors qu'il ne faisait pas encore noir, ce que ma chère Lumi n'a pas manqué de relever. Elle s'est d'ailleurs empressée de vérifier que l'hôtesse serait elle seule aux fourneaux pour le dîner, évitant à l'ivrogne d'être la cause de notre empoisonnement. Ah, vigilante Lumi! Elle se porte mieux, son teint semble rosir chaque heure davantage...

Sorin déclamait son rituel monologue de fin de journée, alors que son épouse se préparait à le rejoindre au lit. Rompue à cette manie conjugale, Luminiţa ne prêtait généralement qu'une oreille distraite aux propos du soliloqueur, lorsqu'elle en percevait quelques bribes. Dans leur appartement bucarestois, Sorin disposait d'un bureau et en usait le plus souvent comme « gueuloir » pour assouvir ses verbalisations. Parfois, une porte entrouverte, un déplacement professionnel ou des congés rendaient moins hermétiques les conditions dans lesquelles Sorin se racontait. Luminiţa et les filles ne puisant généralement aucune information précieuse dans ces morceaux mono-logués, elles y prêtaient volontiers sourde oreille. Mais ce soir-là, dans la chambre de leur pension bucolique, la suite du compte rendu journalier déblatéré par son mari alluma tous les sens de Luminiţa.

— ... je comprends à présent pourquoi ma pauvre Lumi a pareillement flanché. Ah, si j'avais su, si j'avais lu moi-même avant qu'elle n'ingurgite dans leur totalité ces vénéneux ouvrages, nous ne serions pas ici! Avec la malice mortifère de ses mots, ce méchant oiseau a pratiquement provoqué chez elle un fléau fatal. J'éprouve moi-même la plus grande difficulté à ne pas sombrer dans les plus délétères états. Comment pourrait-il en être autrement, lorsqu'on écorche ainsi sa rétine, après une douce journée comme celle

d'aujourd'hui ? « Celui qui n'a jamais conçu sa propre annulation, qui n'a pas pressenti le recours à la corde, à la balle, au poison ou à la mer, est un forçat avili ou un ver rampant sur la charogne cosmique. Ce monde peut tout nous prendre, peut tout nous interdire, mais il n'est du pouvoir de personne de nous empêcher de nous abolir. » *Sous le règne de notre regretté Conducator, pareilles ignominies nous étaient épargnées !*

— *Bon sang, mais c'est mon* Précis *que tu récites là !* rugit Luminița à l'intention du soliloqueur alité qui s'efforçait vainement de s'imposer le murmure. *Quel diable te prend ? Où est mon livre, quand l'as-tu lu ? Est-ce que je mets le nez dans tes formules, dans tes manuels, tes exposés, moi ? De quel droit t'immisces-tu là, alors même que nous sommes convenus pour raisons sanitaires impérieuses d'une trêve dans cette littérature ? Moi qui commençais juste de renouer avec les simples beautés de l'existence, tu veux m'éteindre comme une allumette ? As-tu une maîtresse, des projets secrets ? Veux-tu accélérer ma décrépitude, que nos filles me portent en terre avant l'heure, que je libère ton plancher ?*

Écarlate, Luminița s'était saisie de la cordelette servant à nouer les rideaux de la chambre et faisait mine de s'étrangler, franchement pas joyeuse. Sorin demeura quelques instants piteux et pétrifié sous la couverture puis, soulagé par la colère vitale qui animait sa moitié et l'afflux sanguin qui semblait parfaitement en irriguer la tête, il se leva en silence et chercha ses cigarettes.

Excursion transatlantique, obscures déductions

ROXANA VENAIT d'achever, avec les honneurs, sa deuxième année à la prestigieuse Faculté de médecine de l'Université McGill. Elle s'était accoutumée à la vie montréalaise aussi bien qu'un vieux chauffeur de taxi à New York, et beaucoup plus subtilement qu'un Parisien à Montréal. Ayant laissé au pays Luminița — qui ne serait pour rien au monde montée à bord d'un avion — et son aînée trop accaparée par sa vie professionnelle, Sorin avait traversé seul l'Atlantique. Enfin presque seul, puisque persuadée que sa fille manquait à peu près de tout en ce territoire barbare, Luminița avait conditionné le périple de son époux à l'export de plusieurs valises bourrées de victuailles, de *palincă* et de produits cosmétiques plus ou moins artisanaux. Transformé en bête de somme n'ayant aucune idée de la rectitude légendaire des douanes canadiennes, le chimiste n'avait eu d'autre choix que de payer un effarant surplus avant d'embarquer avec sa cargaison. À l'aéroport, la guichetière lui avait demandé en ricanant s'il agissait pour le compte du Programme alimentaire mondial de l'ONU, mais à son arrivée à Montréal, sur les trois valises emportées, Sorin ne parvint à conserver que la sienne, ainsi qu'un funeste sac où il entassa sous l'œil réprobateur des agents de fouille un litre de *palincă*, deux rations de chips de crevettes et quelques bocaux scellés de crème *Gerovital* pour le visage. Et ce même soir, alors qu'il fêtait ses retrouvailles avec Roxana, trois douaniers se payèrent la traite dans un appartement de Lachine, trinquant et se bourrant la face à la santé de l'Europe de l'Est et des restrictions canadiennes d'importations. Avant de se coucher, Sorin récapitula ainsi ses premières impressions américaines :

— Force m'est d'avouer que je trouve bien curieux cette ville et ses habitants. Certes, tout est ici plus bariolé, plus varié, plus vaste, mais ce qui frappe et effraie pratiquement, c'est la sensation ambiante de décontraction, presque de laisser-aller. Et ces sourires, ces attitudes débonnaires, cette mouvance généralisée quasi lente... Il y a aussi ces fragrances inédites, que l'on hume à tout coin de rue, à chaque feu de circulation, au détour des parcs ou des balcons, et qui sont parfois si fortes qu'elles masquent les odeurs d'ordures ou du goudron pour la réfection des routes. C'est étrange, pour ne pas dire un tantinet exotique. Et diantre, que de travaux ! Moi qui compare souvent les chaussées de Bucarest à celles de Sarajevo ou de Bagdad, je vais réviser mes pointeurs. Je n'avais encore jamais vu autant d'ouvriers œuvrant sur de si mesquins chantiers ni autant d'espaces interdits d'accès sans raison par de telles myriades de cônes orange. On semble ici faire bien moins avec bien davantage — j'ai même aperçu cinq travailleurs mobilisés pour boucher un nid de poule. Avec toujours, partout et à toute heure, ce parfum vert, ces effluves herbacés...

Les jours suivants, Roxana, qui avait pris congé de son emploi étudiant en CHSLD, se consacra à faire découvrir la ville et le mode de vie montréalais à son père. Sorin trouva à cette occasion quelques similitudes culturelles dont il réfuta les origines locales, au grand agacement de sa benjamine. Selon le chimiste, la poutine n'était qu'une pâle imitation des frites de pomme de terre que l'on parsème de *Caşcaval* ou de *Brânză de bourdouf,* et que l'on baigne dans une sauce au fond de veau. Assurément, le hot-dog et sa moutarde douce ou encore le *smoked meat* n'étaient pas nés en Amérique, pas plus que le saucisson ne venait de Charlevoix :

— *Tu comprends pourquoi on rappelle que même en Occident, les chiens ne se promènent pas avec des covrigi sur la queue,* lança Sorin à sa fille en mordant dans un bagel avec un air dubitatif. *C'est de la poudre aux yeux tout ça, parce qu'on nous a tout volé et qu'on n'a rien inventé ici, ha! Tiens, je mets ma main au feu que même vos ours, vos loups, ils viennent des Carpates!*

Dans la Petite Italie, Sorin rouspéta que rien n'y était réellement italien et poussa la mauvaise foi jusqu'à trouver un espresso trop noyé, un ballon de rouge trop clair et la madone d'une église trop maquillée. À la vue du pont Jacques-Cartier et de l'imposant Saint-Laurent, il maugréa que le pont international de l'amitié Roussé-Giurgiu enjambait aussi bien le Danube. Dans le Vieux-Montréal, il évalua la taille de pierre des édifices d'une qualité approximative et finit par comparer le Musée d'art contemporain de Montréal aux blocs d'habitation du quartier populaire de Pantelimon, en moins grandiose. Pour dire bref, Sorin mania sans retenue et vertement la critique en tous sens et exulta sans gêne d'un nationalisme éhonté.

Douée d'une patience hors pair et d'une solide bien-veillance, Roxana songeait à devenir gérontologue. Elle se consola du fait que son père maugrée dans leur langue maternelle, et qu'elle fut seule à recevoir les niaiseries patriotico-complexées du professeur vieillissant. Tout de même éreintée après tant de déambulations râleuses,

CONTES BOUGONS

Roxana finit par planter son paternel à la terrasse d'un bar au coin de chez elle et, tandis que le bourru chimiste tentait de s'y faire servir un remontant digne de ce nom, elle monta rejoindre sa colocatrice pour souffler un brin. Deux heures et quelques onces de whisky plus tard, lorsque Sorin reparut, il trouva les deux jeunes femmes dans le salon, avachies sur le divan et parfaitement hilares. La pièce, saturée de cette odeur qu'il reconnut malgré sa propre haleine maltée, était plus enfumée que l'ancienne brasserie *Tourist* de la *Piața Romană* à l'époque de ses propres études.

— *Eh bien, je ne savais pas que tu fumais, ma fille,* marmonna-t-il d'une voix pâteuse. *Tu devrais songer à te départir de cette fâcheuse habitude, quand on sait quels bouleversements la nicotine opère sur nos cellules. Bon, bon, c'est les vacances après tout, puis-je avoir une cigarette moi aussi ? Fumons donc, puisqu'il en est encore temps, haha !*

Après avoir tardivement compris qu'il avait, pour la première fois de son existence, inhalé de la marijuana, Sorin fut pour la première fois de sa vie dans l'incapacité de se livrer à son monologue — ce qui convint absolument aux deux colocatrices. Ses pensées, florissantes, informes et gorgées d'images, allaient et se dispersaient mollement dans les airs, ses muscles étaient comme de la mousse, et son palpitant semblait suivre le rythme d'une très langoureuse symphonie tout en sourdine. Un instant, le scientifique qu'il était tenta de prendre le dessus sur la substance active et Sorin se lança dans une silencieuse et très interne analyse. Il était en proie à une subite fringale — qu'il attribua à un trouble de la proopiomélanocortine — et engloutit un paquet de biscuits qui traînait sur la table. Il se sentit en légère hypothermie et s'enroula dans la couverture de son lit sans se dévêtir. Puis, une soif terrible vint le terrasser conjointement à un figeant sentiment de paresse — et après avoir conclu à une déshydratation éclair qu'il voulut confusément étancher au moyen de *palincă*, Sorin s'endormit comme une pierre. Les trois heures que durèrent ces trois phases de constats et leurs résolutions furent marquées du sceau d'un large et caricatural sourire, lequel ne quitta son visage délirant qu'au petit matin.

Roxana repartit à ses obligations gériatriques et Sorin passa la fin de son séjour à errer seul sur l'île urbaine, retrouvant sa fille au gré de soupers tardifs et de petits-déjeuners extrêmement matinaux. Malgré sa méconnaissance du français, le chimiste parvenait à bredouiller quelques expressions usuelles et ne se déplaçait pas sans le petit guide de conversation que lui avait offert sa fille. Il parvint à se nourrir convenablement en s'approvisionnant dans une épicerie ukrainienne, où il trouva charcuteries et fromages fumés, choux, tomates vertes et cornichons en saumure.

Favorisant la marche aux transports en commun — au fonctionnement desquels il ne saisissait rien —, Sorin prit surtout le temps d'observer à loisir. À travers le prisme de sa « poteuse » analyse chevronnée, la ville et ses habitants se révélaient sous un nouveau jour, et chaque fumet de mouffette — dont l'odeur de musc est souvent confondue avec celle du cannabis — le menait à une trouvaille. Peu à peu, les sourires, les sacres, le non-conformisme vestimentaire largement répandu, les mélanges culinaires improbables, la conduite routière déplorable, la paresse manifeste des fonctionnaires municipaux, ou encore cette évidente lenteur résolument ambiante : tout semblait s'expliquer ! Le chimiste, convaincu d'avoir sans le vouloir percé un drôle de mystère, occupa donc ses derniers jours à pousser plus loin ses investigations ethnotouristiques.

À la veille de son départ, Sorin découvrit que le premier ministre du Canada au sourire légendairement ravageur avait légalisé la consommation récréative des fameuses fleurs séchées. Contrairement à tant d'autres, la promesse politique tenue avait été en ville une simple formalité, car selon les dires de Roxana, « Montréal, terre de poteux, avait toujours fumé, au volant comme aux fourneaux, au bureau comme au jardin. » Et de fait, le changement de législation serait presque passé inaperçu sans le pullulement fongique d'enseignes estampillées d'un énigmatique acronyme vert, dont Sorin s'empressa d'aller visiter une succursale.

— *SQDC ! Société québécoise du cannabis ! CQFD ! Ce qu'il fallait démontrer !* résuma le scientifique en goguette, lorsqu'il fut seul dans son lit. *C'est ainsi qu'ils vivent, de là qu'ils tirent leurs forces, leurs innovations, leurs consensus, leur joie de vivre, leur enclin à moins travailler en gagnant davantage, leur capacité à ne pas perdre les nerfs, leur résistance aux crises économiques. Ceci explique la naissance des Casques bleus, le foisonnement du féminisme, l'explosion de l'industrie du jeu vidéo et de l'intelligence artificielle, l'absence de Coupe Stanley au Canada depuis le siècle dernier. C'est possiblement aussi la raison pour laquelle le Québec vieillit plus rapidement qu'ailleurs, Roxana fait bien de viser la gériatrie, c'est un avenir certain.*

Laissant finalement l'herbeuse contrée à son contentement d'exister et sa fille heureuse de s'y trouver, Sorin reprit l'avion. Outre un demi-litre de sirop d'érable qu'il rapporta à Luminiţa et une casquette à fleurs de lys destinée à son aînée, Sorin voyagea plus léger vers le Vieux Continent, où il avait hâte de reprendre ses habitudes et de réfléchir à froid sur ses observations. À l'embarquement, une hôtesse lui demanda en souriant s'il ne dissimulait pas une peau d'ours dans ses bagages, mais n'ayant rien saisi à la boutade, Sorin ne broncha pas. Il eut cependant un rictus méprisant à la vue des panneaux affichant une fleur de cannabis stylisée barrée pour signifier l'interdiction d'exporter l'égayant psychotrope. *Quoi de plus logique,* songea-t-il mi-amusé mi-amer, *quel État voudrait partager son opium avec d'autres peuples ?*

Luminiţa ne vint pas le chercher à l'aéroport, mais lui avait concocté à sa demande un généreux plat de *sarmale* en feuilles de vigne et une salade de bœuf agrémentée de succulents légumes. En voyant la mine de son épouse qu'il n'avait pas croisée depuis 15 jours, Sorin sentit d'un trait la joyeuseté québécoise s'évanouir et la pesanteur du spectre Cioran tout aplatir dans la salle à manger. Avant de prendre place à table, il saisit un verre de *palincă*, s'avança vers la fenêtre donnant sur la rue et en écarta le rideau. Dehors, la grisaille des bâtisses semblait s'incruster dans le ciel nuageux, un lampadaire seul tremblotait au frôlement d'une silhouette glauque. Un chien passa, puis deux, puis dix — *sans bretzels sur la queue*, songea Sorin. Tandis que la pluie commença de tambouriner sur les toitures de zinc, il fit honneur aux plats de Luminiţa, entreprit de lui donner des nouvelles de Roxana et lui relata à grands traits son séjour. Après quoi, ils s'installèrent tous deux au salon où

Luminiţa — qui n'avait pas avalé une miette du repas —
servit du café. Elle ouvrit ensuite un volume de Cioran
dont elle entama une lecture à voix haute.

— « *Timide, dépourvu de dynamisme, le bien est inapte
à se communiquer ; le mal, autrement empressé, veut se
transmettre, et il y arrive puisqu'il possède le double privilège
d'être fascinant et contagieux. Aussi voit-on plus facilement
s'étendre, sortir de soi, un dieu mauvais qu'un dieu bon.* »

Sorin écouta attentivement son épouse, et lapant du café
fort, avec un soulagement pareil à celui d'un explorateur
regagnant son foyer, se sentit totalement rentré au pays. Il
nota cependant la diction fébrile de Luminiţa et le
tremblement de ses frêles phalanges soutenant le livre. Les
yeux de la lectrice paraissaient attirés plus bas que les lignes
qu'elle venait de dire et des creusets neufs foudroyaient ses
joues, ses tempes, froissant jusqu'à la commissure de ses
lèvres.

— *Ma tendre Lumi,* dit Sorin, *il me semble aujourd'hui
mieux entendre l'intérêt que notre pauvre nation pourrait
tirer de l'œuvre de Cioran. Contre toute attente, je suis
convaincu qu'il existe un moyen de réconcilier l'inconciliable,
de muer ce sombre penseur et ses travaux en fer de lance d'un
guerrier Trajan nouveau. Grâce aux concepts formulés par
celui qui a renié sa mère patrie et, ce faisant, réfuté sa langue
maternelle, une néo-Roumanie peut émerger, rayonnant
mieux qu'hier d'une puissance inédite ! Par la philosophie,
nous allons surpasser le Projet MK Ultra de la CIA et rendre
caduques les entreprises de Trudeau et consorts !*

Sorin se leva, partit fouiller dans sa valise qu'il n'avait pas encore ouverte, puis revint dans le salon obscur avec une petite boîte cylindrique qu'il brandit sous le nez de la pionnière squelettique.

— Le voici précisément, ce méchant canal par lequel s'exprime ton mauvais démiurge! L'arme secrète de l'insouciance occidentale tient condensée dans ce tube, ma tendre camarade.

Sur quoi, il fit sauter le bouchon, sortit deux joints préroulés et, tels deux gredins qui procèdent à une séance de haute magie, le chimiste et la professeure se mirent à fumer les petits cônes jusqu'à la lie, s'esclaffant, toussant, se tapant les côtes, crachant tout leur saoul et ils en rallumèrent d'autres jusqu'à ce que coma s'ensuive. Luminiţa manqua de se déboîter la mâchoire dans un effroyable excès de rire, et Sorin pleura tellement en se gaussant qu'il détrempa sa chemise.

Tous deux s'éveillèrent péniblement aux premières lueurs du jour à l'endroit même où ils avaient fini par perdre connaissance à gorge déployée. Ils s'étaient statufiés dans leurs fauteuils respectifs, plus raides que trépassés, et tout témoin de la scène eût juré qu'ils avaient cessé de respirer. La lampe était restée allumée, des pommes mordues et jaunissantes jonchaient la table basse entre deux cendriers, avec une batterie de verres plus ou moins remplis de différents breuvages. Dans un élan désespéré tel un zombie cherchant à s'extraire de sa sépulture, Luminiţa tituba jusqu'à la fenêtre pour chasser l'infâme odeur d'herbe froide qui embrumait encore la pièce.

CONTES BOUGONS

— *Mais tu m'as empoisonnée, ma parole !* murmura-t-elle la paume sur le front.

— *Tout au contraire,* rétorqua Sorin en expédiant un demi-verre de liquide translucide, *je t'ai initiée au carburant occidental que nous allons dissoudre.*

Culture protéodique, absorption précoce

À L'INSU DE TOUS, tapis dans la pénombre comme les chiens errants guettent le retardataire dans la nuit des ruelles, ils élaborèrent leur plan. Luminiţa avait recouvré sa pupille vengeresse et même repris un ou deux kilos. Pour ne pas attirer l'attention, elle continua de donner ses cours au lycée et prit au mot Cioran qu'elle suivait toujours plus fidèlement qu'un Virgile aux enfers : « Je dois me fabriquer un sourire, m'en armer, me mettre sous sa protection, avoir quoi interposer entre le monde et moi, camoufler mes blessures, faire enfin l'apprentissage du masque. » Sorin retourna lui aussi à ses polytechniciens, profitant de ses titres pour chaparder du matériel dans les laboratoires dont il extrayait quotidiennement de pleines sacoches. Il accepta de partager partiellement ses monologues avec son épouse, « à toutes fins utiles pour la réalisation du projet patriotique », et Luminiţa mit à profit ces intermèdes récapitulatifs pour se tenir informée de l'avancée des travaux tout en instillant à son époux des bribes de lectures cioraniennes.

178   STEPHANE ILINSKI

À Polytechnique, Sorin approcha l'un de ses anciens élèves dont les recherches portaient sur la scopolamine, un alcaloïde tropanique aux vertus sédatives notoires et susceptibles de provoquer d'intenses hallucinations ainsi que de l'amnésie chez l'être humain. Puis, il étoffa son équipe officieuse en recrutant sous couvert d'un projet d'article un doctorant spécialisé dans les propriétés psychotropes de la mandragore. Après avoir vérifié lors de causeries informelles le passé culturel et le pédigrée politique de ses recrues, Sorin les convia chez lui en vue d'établir les fondements de la théorie qu'il souhaitait prétendument soumettre à plusieurs parutions internationales.

— *Confrères, je vous remercie de la confiance que vous m'accordez,* amorça Sorin sur un ton solennel. *En plus de vos aptitudes hors normes et de votre excellence scientifique sur lesquelles je compte appuyer les travaux que je vous propose, je tiens également à louer la rigueur de votre abnégation envers notre cher pays! Depuis des mois, je me suis astreint à passer au crible les propositions de certaines sommités, dont les thèses du chercheur indépendant français Joël Sternheimer sur ce qu'il appelle les protéodies. Ce brillant physicien, qui poussait d'ailleurs la chansonnette à ses heures, a mis en évidence que la régulation de la biosynthèse des protéines peut être influencée par des mélodies. Autrement signifié, les plantes sont sensibles à certaines suites de sons, ce qui permet par exemple à des viticulteurs champenois de combattre la maladie du bois attaquant leurs vignes en émettant une musique particulière. Eh bien, chers confrères,* poursuivit Sorin en adressant un flagrant clin d'œil à Luminiţa, *c'est cette direction que nous allons suivre, pour le progrès, pour la science et pour la grande Roumanie!*

Selon les plans énoncés aux contributaires, il s'agissait de soumettre des végétaux en croissance à des archives sonores de discours kolkhoziens plutôt qu'à de simples mélodies, puis d'effectuer des prélèvements sur les cobayes afin d'en synthétiser les vertueuses modifications apportées par la protéodie discursive. Dissimulant le fond de ses funestes intentions mieux qu'un politicien à la veille d'élections, Sorin argua qu'une telle publication pourrait mettre leur nation en tête de convoi sur la voie des engrais biologiques — et déverrouiller de ce fait de généreuses subventions en plus de l'octroi de gourmandes distinctions aux découvreurs. Et les benêts collègues, trop engaillardis à l'idée de jouer les apprentis sorciers pour réfléchir à l'aberration qui leur était suggérée, d'accepter la mission avec un tel enthousiasme que Sorin dut presque les empêcher de signer avec leur sang l'entente de confidentialité qu'il leur fit endosser. Le lendemain, chacun se mit au labeur secrètement et la tenue d'une réunion hebdomadaire dans l'appartement de l'instigateur fut arrêtée pour faire état des avancées du projet et partager les observations.

Le docteur mandragore isola plusieurs échantillons germés de son laboratoire et on les installa sous une serre improvisée dans le bureau de Sorin. Le docteur scopolamine procura une dizaine de plants de jusquiames et de belladones, à côté desquels Sorin mit en terre des grains de blé et de maïs pour faire diversion. Durant le weekend, les trois savants compères peaufinèrent l'installation en confectionnant un petit réseau d'irrigation relié à la cuisine, et un système d'éclairage et de son emprunté par Angela à la chaîne de télévision pour laquelle elle œuvrait. Sorin acheta une demi-douzaine de radiateurs d'appoint, une poignée de minuteurs, des thermomètres, trois paires d'enceintes acoustiques, et la serre fut activée le dimanche soir au son grésillant d'un enregistrement de Staline destiné aux kolkhozniks datant de 1938. Les bricoleurs trinquèrent avec cérémonie au succès de leur improbable entreprise, Luminiţa honora la mémoire des pionnières et leur attachement à la terre nationale, puis l'assemblée fut dissoute. À près de 7 300 kilomètres de là, Roxana et sa colocatrice se trémoussaient cependant frénétiquement sous les néons multicolores des *Foufounes électriques*, les pupilles grosses comme des assiettes et la mine totalement béate.

Les jours suivants, Sorin passa au crible des archives traitant de la synthétisation de l'ergot de seigle par Albert Hofmann, dont le retour au domicile à vélo après avoir découvert et ingéré du LSD constituait l'une des pages les plus oniriques de la chimie suisse. Quant à Luminiţa, dès la fin des cours, elle courait s'enfermer dans sa chambre à coucher où elle avait organisé un petit studio d'enregistrement, puis elle débitait studieusement dans un micro les ouvrages du sieur Cioran jusqu'à l'heure du souper. Nuit et jour, sous les chauds luminaires du bureau-serre, un lopin de terre se hérissait au rythme de *Sur les cimes du désespoir*, du *Crépuscule des pensées* et autres *Ébauches de vertige*, que la voix monocorde de Luminiţa égrainait impassiblement.

— Lorsqu'ils seront de visite, il suffira de changer la piste de diffusion pour celle intitulée « Kolkhozeries », dit Sorin en amorçant son soliloque du soir — auquel assistait désormais Luminiţa un carnet de notes en main. *Une simple pression sur le bouton gauche de l'amplificateur et le tour est joué, compris tendre camarade ? Ils sont un peu naïfs,*

mais ne rechignent pas à la tâche. Cette après-midi, j'ai parcouru un mémoire sur les enthéogènes qu'ils ont rédigé à quatre mains et qui s'annonce des plus prometteurs. Et puis, ça pousse, ça pousse, ah! D'ici deux mois tout au plus, nous devrions procéder à une première récolte et commencer les essais de synthétisation. Ah, si mon pauvre père était encore de ce pauvre monde, il serait assurément requinqué par les perspectives que nous ouvrons! Qui sait, peut-être même sourirait-il en envisageant quel revers nous allons chimiquement asséner à l'Amérique, puis à l'Occident!

Comme Sorin s'animait plus que de coutume, Luminiţa jugea sage de lui préparer une tisane de tilleul, cependant qu'elle vérifiait en cuisine le débit du réseau d'irrigation de la serre.

— *Tu sais,* lança-t-elle vers le salon en mettant la bouilloire sur le feu, *j'ai eu Roxana au téléphone ce matin. Les nouvelles ne sont pas fameuses, elle a raté deux matières à ses derniers examens.* Puis, elle poursuivit en secouant la tête: *c'est à n'y rien comprendre, elle n'avait pas l'air préoccupée le moins du monde. Tu t'imagines? Elle riait, même!*

— *C'est qu'il y a trop de gaieté là-bas, trop de légèreté, de distractions, d'incitations à l'oisiveté,* répliqua sèchement Sorin. *Je te l'ai expliqué, tendre camarade. De là viennent tous les dangers, tous les vices. Regarde, Angela est sérieuse, parce qu'elle évolue dans un environnement sain, propice à l'étude, au travail et à la quête du bien commun. Pense à ce qu'il adviendrait de mes élèves, des tiens, s'ils étaient au Canada! Mais nous allons de ce pas leur couper la mauvaise herbe sous le pied, finie la vie en rose, bonjour les véritables et froides ténèbres de la réalité vraie ! Bientôt, bientôt...*

Six semaines plus tard, sous la houlette professorale de Sorin, les docteurs mandragore et scopolamine exécutèrent les premières synthétisations de ce qu'ils songeaient être des jusquiames gonflées aux apologies kolkhoziennes. Sorin numérota soigneusement les fioles minuscules de solution verdâtre et les entreposa dans une boîte isotherme. Et lorsque le couple se retrouva seul dans son salon avec la boîte de précieux extraits, Sorin laissa éclater sa satisfaction en entrant dans une sorte de danse-transe démoniaque, à laquelle se joignit mécaniquement Luminiţa. Après avoir gigoté frénétiquement dans le vide et le silence pendant une pleine minute, ils s'effondrèrent sans souffle dans leurs fauteuils respectifs, les yeux écarquillés par l'effort, mais rivés sur la boîte déposée sur la table basse.

— *Nous l'avons fait, cher papa !* mugit Sorin vers le plafond. *Ce n'est qu'un début de nouveau départ pour notre cher pays, une nouvelle ère pour la science universelle ! La remise à l'heure des pendules mondiales est en marche !*

— *Il faudra tout de même prévoir d'ouvrir d'autres voies, si toutefois les résultats sont au rendez-vous,* pondéra Luminiţa. *Après tout, si ce produit permet de faire vivre une expérience cioranienne à qui l'ingère, d'ouvrir des cimes désespérantes comme portes de la perception, d'autres thématiques peuvent servir de grands intérêts. À ce titre, je conditionne d'ores et déjà la poursuite de mon implication dans le projet : le prochain lopin sera cultivé sous des hymnes à la Femme, cher camarade, ou ne sera pas ! Après tout, l'âme roumaine est assez grande et généreuse pour ne pas cantonner les soins qu'elle s'en va promulguer aux seules joyeusetés canado-québécoises. Quitte à montrer la réalité crue, autant mettre en exergue ses véritables héroïnes! Ce ne sera que prime et minimale justice!*

Tels ils causaient, comme hallucinés par les images qu'ils convoquaient, obnubilés par la collection de fioles au frais, face à eux. Le professeur chimiste de Sighet, fils de sécuriste et la pionnière lettrée de Iaşi éprouvaient tous deux le prégnant sentiment d'être parvenus à une étape cruciale de leur existence. Plus important encore, ils partageaient la folle certitude d'être à l'origine d'une aube promettant un revirement planétaire et la promesse d'un avenir honorable pour leurs filles et leurs concitoyens. Bien sûr, rien n'était joué, il restait des cultures à produire, des essais à conduire, des synthétisations à opérer, des variantes à explorer. Mais, la locomotive de leurs saugrenues visées était sur rails, déjà tractant à sa suite une ribambelle de vues de l'esprit — qui n'en seraient probablement bientôt plus. Ébouriffé mieux qu'un vieux balai, Sorin se redressa en un sursaut sec et, dévoilant à sa brindille de femme ses dents grises dans un béant sourire, lui murmura d'une voix caverneuse :

— *Maintenant, on goûte ?*

De profundis, New deal

PRÉCÉDÉS PAR LE SERRURIER, les policiers pénétrèrent dans l'appartement accompagnés de deux urgentistes. L'un des intervenants trébucha dans le couloir de l'entrée contre une petite pile de livres, qu'il ramassa à la va-vite pour dégager le passage. Il s'écarta pour laisser progresser ses confrères, et par réflexe lu le titre de l'ouvrage qu'il avait sous le nez : *L'Ami lointain*, d'Emil Cioran.

L'une des policières — la plus expérimentée — détecta une senteur subtilement rance indiquant le début de putréfaction corporelle, avant même de parvenir au salon. Les deux corps gisaient affalés dans leurs fauteuils, se faisant face comme s'ils avaient été foudroyés en pleine conversation. La mort remontait à une douzaine d'heures tout au plus et le couple défunt affichait sans trop de boursouflures des moues maussades, cependant relativement paisibles. Alentour, nul mobilier renversé ni bris quelconques pour laisser penser à la résultante d'une dispute ou d'une altercation violente. Depuis une autre pièce, le brouhaha d'une radio diffusait de la musique. Pendant que son équipier partait à la vérification protocolaire du reste de l'appartement, la main sur son arme, et que les urgentistes vérifiaient le pouls des victimes pour la forme, la policière saisit sa radio à l'épaule et dicta :

— *Patrouille 57, au 5316 Jeanne-Mance. On en a deux de plus. On fait évacuer à la morgue dès que les légistes seront passés.*

En cette seule journée de mars, les services de police de la Ville de Montréal avaient constaté plus de 600 décès, majoritairement conséquents à des suicides, et les urgences croulaient sous les tentatives interrompues ou simplement ratées. Le souvenir des plus sombres heures pandémiques Covid était presque évoqué avec une pointe nostalgique par les médias, lorsque ceux-ci n'étaient pas captivés par les séismes bousculant l'ancien ordre mondial et ses déséquilibres variés. Le premier ministre Trudeau avait démissionné tôt après l'abdication de Charles III, et s'était vu remplacé par une certaine Roxana — en laquelle d'aucuns voyaient l'émissaire d'une obscure puissance étrangère émergente. Le grand voisin du Canada, qui commençait à souffrir des mêmes maux épidémiques, tentait tant bien que mal de résister aux assauts néo-colonisateurs en provenance d'Europe de l'Est. Après un bref retour aux commandes, Donald Trump avait tenté d'endiguer la propagation des substances dites cioraniques qui expédiaient ses concitoyens de tous bords en des précipices dépressifs fatals. Imité pour la première fois par d'autres chefs d'États occidentaux, le diablotin à mèche roussie s'était adjoint les services du crime organisé pour favoriser le retour en masse des drogues classiques sur le marché, usant de toutes les ressources promotionnelles pour éloigner le grand public des poisons propagés par l'ancienne Roumanie. La Communauté européenne pactisa de son côté avec des cartels afghans et mexicains, transigea avec les clans monténégrins, corses et siciliens, investit des milliards d'euros dans l'irruption de laboratoires-usines producteurs de toutes formes de substances récréatives certes corrosives, mais surtout non déprimantes, en vain.

Début avril, alors que la planète saupoudrée de funèbre soma s'enfonçait d'heure en heure dans des abysses cauchemardesques, le Nouvel Empire Cioranique entra officiellement dans son premier jour calendaire, sous le règne de Luminița 1ère, assistée de son premier bonhomme, Sorin. Dès lors, on cessa de sourire et l'humanité eut tout loisir de méditer sur l'inconvénient d'être née.

« Il faut rire avant que d'être heureux, de peur de mourir sans avoir ri. »
(Jean de La Bruyère, Les Caractères, 1688)

Références

Page 169 : E.M. Cioran, *Précis de décomposition*, Gallimard
Page 178 : E.M. Cioran, *Le mauvais démiurge*, in *Pensées étranglées*, Gallimard
Page 181 : E.M. Cioran, *Cahiers 1957-1972*, Gallimard

Table des matières

So far, si proches
11

Mauvais augures
41

Brillante randonnée
99

Acide cioranique
141

Références
187

HASHTAG
Les récits du présent

À l'instar du symbole fédérateur qui a inspiré leur nom, les Éditions Hashtag veulent être un lieu de rassemblement des discours qui s'intéressent aux visages cachés de notre société. Écrites dans une langue simple, mais qui exprime la richesse des accents qui la composent, les publications de Hashtag aident à mieux comprendre le présent.

Et ce présent doit impérativement être dépeint à sa juste mesure. Il doit rendre visibles toutes les marginalités invisibles qui composent le tissu de notre réalité. Il doit donner la parole aux minorités audibles. Il doit reconnaître l'identité trans et queer. Il doit démystifier les tabous liés à la santé mentale, aux violences sexuelles, au racisme, à la discrimination, faire place à la spiritualité autochtone. Il est temps que la littérature prenne le pouls des changements qui ont transfiguré notre rue, notre quartier, notre société : notre monde.

PARUTIONS CHEZ HASHTAG

ILINSKI, Stephane,
Contes bougons, 2023. [nouvelles]

DE FRIBERG, Patrick
Le protocole de l'extinction, 2023. [roman noir]

MIHALI, Felicia
La bigame, 2022. [roman]

EMOND, Sébastien
Je m'endors au creux d'un meurtre, 2022. [poésie]

ABAT-ROY, André
moustiquaire et krazy glue, 2022. [poésie]

GACHET, Anaïs
Du coup, j'ai fui la France, 2022. [essai]

GRAVELLE, Mikael
Marelle et discorde, 2021. [poésie]

MIHALI, Felicia
Dina, 2021. [roman]

POIRIER, Maryse
*Les bêtes vivront désormais
plus longtemps que nous*, 2021. [poésie]

FORTIER, Vincent
Phénomènes naturels, 2021. [roman]

ÉMOND, Sébastien
Notre-Dame du Grand-Guignol, 2020. [poésie]

MONTESCU, Cristina
La ballade des matrices solitaires, 2020. [roman]

BELLOULA, Nassira
J'ai oublié d'être Sagan, 2019. [roman]

CARON-C., Laurence
La mort habite ici, 2019. [poésie]

MIHALI, Felicia
Le tarot de Cheffersville, 2019. [roman]

PROVOST, Émélie
Les beaux jours du rouleau compresseur, 2019. [poésie]

SCARPULLA, Mattia
Préparation au combat, 2019. [nouvelles]

LEGUERRIER, Louis-Thomas
Entre Athènes et Jérusalem : Ulysse au XXe siècle, 2019. [essai]

ÉMOND, Sébastien
#monâme, 2018. [poésie]

MICHAUD, Sara Danièle
Écrire. Se convertir, 2018. [essai]

TARCAU, Miruna
L'apprentissage du silence, 2018. [roman]

TRADUCTIONS

LAY, Chih-Ying
La libellule rouge, 2023. [nouvelles — anglais]

AL-SOLAYLEE, Kamal
Brun, 2022. [essai — anglais]

FLETCHER, Raquel
Qui est québécois ?, 2022. [essai — anglais]

STONECHILD, Blair
Celui qui cherche le savoir :
s'ouvrir à la spiritualité autochtone, 2021. [essai — anglais]

MIHALI, Felicia
Une nuit d'amour à Iqaluit, 2021. [roman — anglais]

RECUEIL DE TÉMOIGNAGES
Vilaines femmes, 2021. [essai — anglais]

NOVAKOVICH, Josip
Café Sarajevo, 2020. [nouvelles — anglais]

STARNINO, Carmine
Par ici la sortie, 2020. [poésie — anglais]

MOSSAED, Jila
Le cœur demeure dans le berceau, 2019. [poésie — suédois]

DEMCHUK, David
L'usine de porcelaine Grazyn, 2019. [roman — anglais]

MIHALI, Felicia
Une deuxième chance pour Adam, 2018. [roman — anglais]

Achevé d'imprimer
sur les presses de Mardigrafe inc.
www.mardigrafe.com

Imprimé sur un papier certifié Éco-Logo, blanchi sans chlore,
contenant 100 % de fibres recyclées postconsommation, sans acide
et fabriqué à partir de biogaz récupérés.